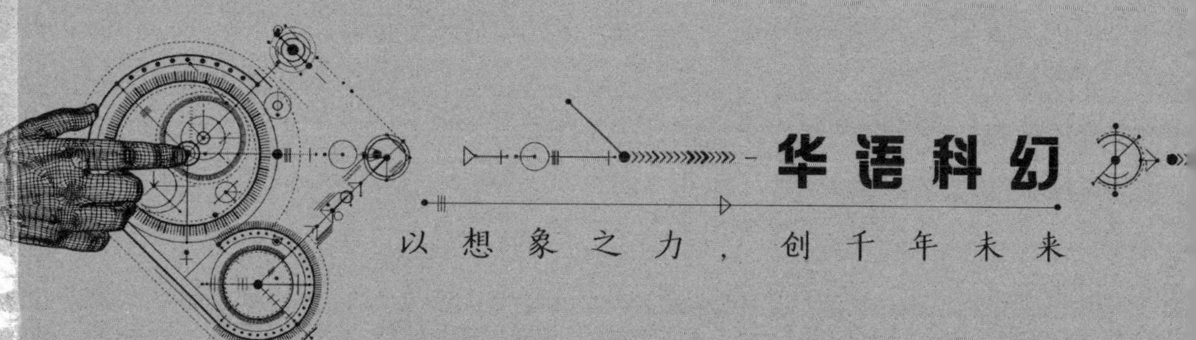
华语科幻
以想象之力，创千年未来

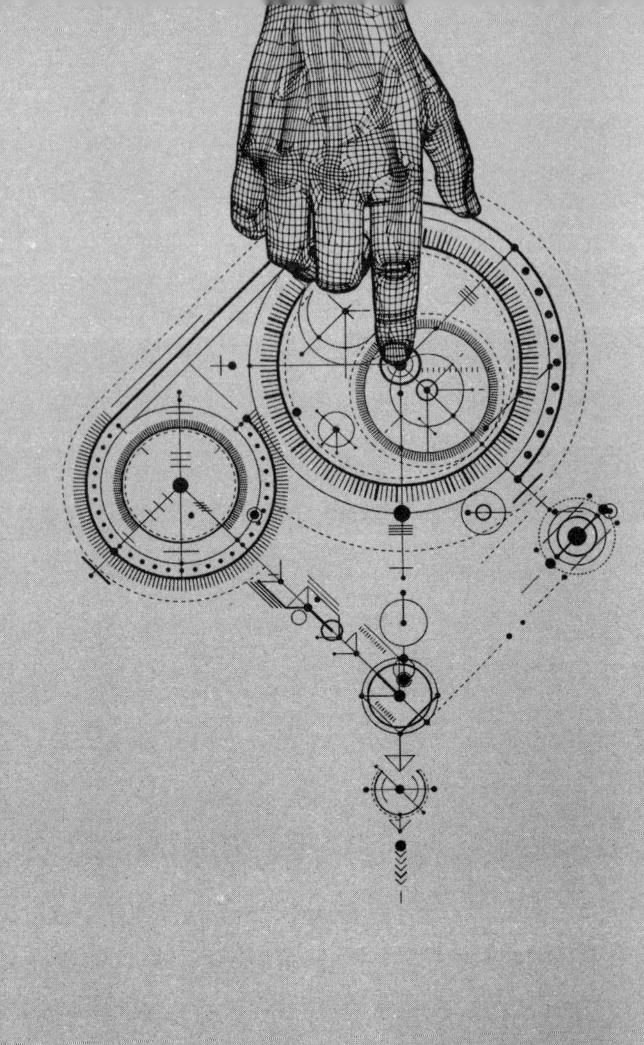

金涛科幻精品系列

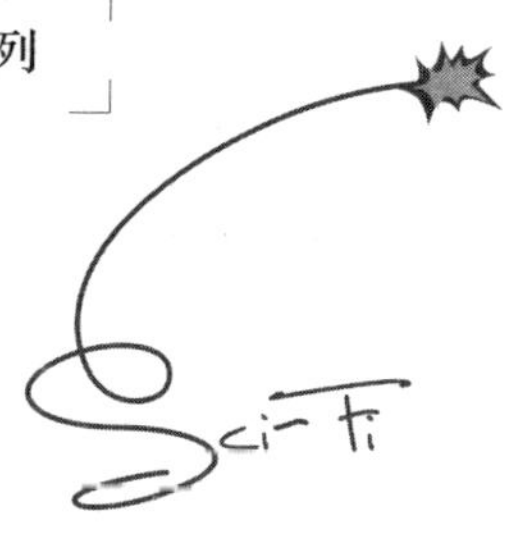

美丽的月光

金　涛——著

科学普及出版社
·北　京·

图书在版编目（CIP）数据

金涛科幻精品系列 . 美丽的月光 / 金涛著 . -- 北京 ：科学普及出版社，2024.1

（百年科幻）

ISBN 978-7-110-10618-1

Ⅰ . ①金… Ⅱ . ①金… Ⅲ . ①幻想小说—小说集—中国—当代 Ⅳ . ① I247.7

中国国家版本馆 CIP 数据核字（2023）第 084524 号

策划编辑 曹　璐　王卫英
责任编辑 王卫英
封面设计 书香文雅
正文设计 书香文雅
责任校对 吕传新　张晓莉
责任印制 徐　飞

出　　版 科学普及出版社
发　　行 中国科学技术出版社有限公司发行部
地　　址 北京市海淀区中关村南大街 16 号
邮　　编 100081
发行电话 010-62173865
传　　真 010-62173081
网　　址 http://www.cspbooks.com.cn

开　　本 720mm × 1000mm　1/16
字　　数 819 千字
印　　张 57
版　　次 2024 年 1 月第 1 版
印　　次 2024 年 1 月第 1 次印刷
印　　刷 天津泰宇印务有限公司
书　　号 ISBN 978-7-110-10618-1 / I · 665
定　　价 180.00 元（全 6 册）

月光岛 / 001

月光曲 / 057

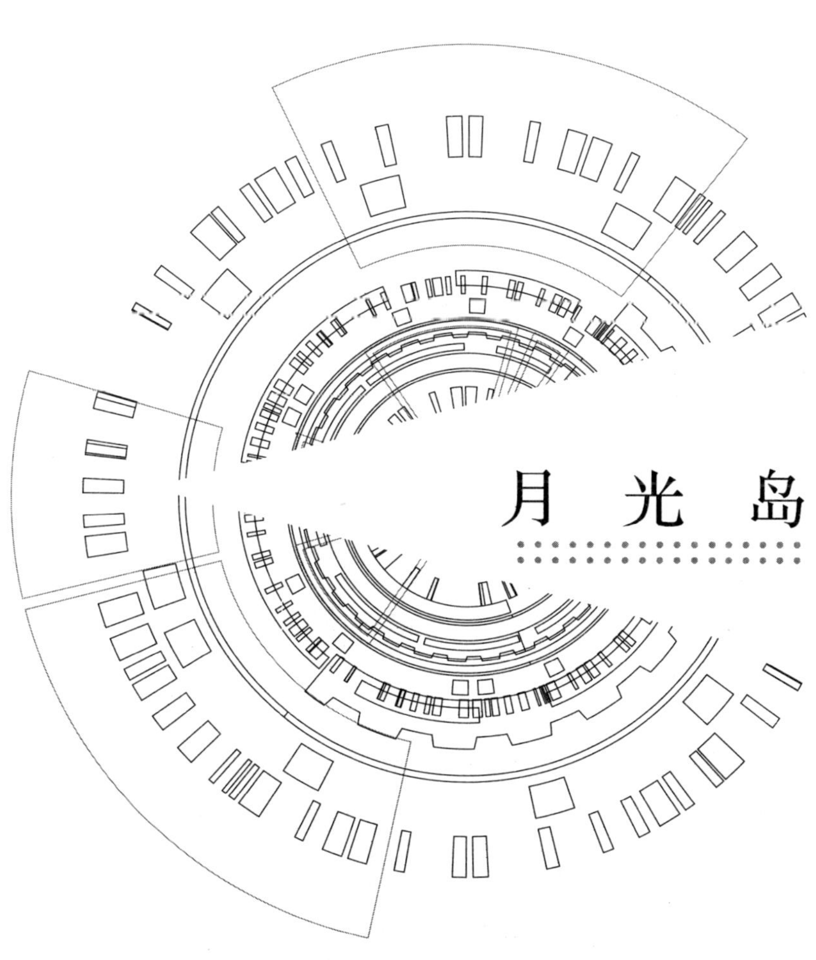

月 光 岛

啊，月光岛，
你美丽又荒凉，
想到你啊，
我永世难忘又无限悲伤……

一

初秋的一个黄昏，落日的余晖在大海的胸膛上披上了一件五彩斑斓的美丽罩衣。这时，有个二十来岁的年轻人默默地沿着一级级的石条磴道，向月光岩的顶上攀去。他走得很快，不时地连蹦带跳，像只惯于攀山登岩的羚羊。很快，四百多级石头台阶被甩在他的背后了。他在山顶上喘了几口气，钻进一座高高耸立在月光岩上的灯塔。不大会儿工夫，一道白光从灯塔顶部的玻璃窗孔迸射出来，在渐渐变得暗淡的海面和暮色升起的天空弥散开来，预告着黑夜来临了。

这个年轻人走出灯塔，伫立在离灯塔不远的悬崖边缘。他眯缝着眼睛，向落日沉没的远方凝视了很久。从那灼热的目光和紧闭的嘴唇，可以看出他似乎在期待什么。然而在视线所及的海面，除了十几只在苍茫暮色中鼓噪的信天翁，成群结队地在悬崖下的海滩附近徘徊，海上空无一物。不一会儿，最后一抹玫瑰色的晚霞余晖也从天际消失了。浓郁的夜色像薄雾一样，从黝黯无光的海面升起，迅速扩散到海岛上空，把一切都遮盖起来。年轻人这才失望地掉转头，从天际收回了视线，怏怏而返了。

他沿原路走下月光岩，回到他住的房子。这是一幢临近海边的、用就地取材的石块砌成的简陋石屋。他心烦意乱地闷坐在黑洞洞的房里，电灯也忘记拧开，陷入深沉的思索中……

他叫梅生，四年前从东南海洋大学海洋生物化学系毕业。这个当年全校数一数二的高才生，按理说该是海洋科学院或者别的什么研究机构最合适的人选。可是生活偏偏喜欢捉弄人，和他开了个不大不小的玩笑。毕业那年的夏天，一场比十二级台风还要猛烈千百倍的政治风暴，从东到西，从北向南，汪洋恣肆地席卷了九百六十万平方公里的大地。风狂雨猛，浊浪排空。风暴所及之处，科学的殿堂倾毁坍塌，实验室的仪器、器皿被击成碎片，那些凝集了科学家心血的研究课题顿时被冲天的“海啸”吞噬……梅生这个毫无生活阅历的年轻大学生，像初次出海的水手，驾着一叶四处漏水的独木舟在狂风恶浪中挣扎，不能掌握自己的命运。不过比起和他同时代的青年人，他毕竟幸运得多。就在他惊魂未定时，不知来自何方的一股洋流推动他的小舟，把他送到荒凉的月光岛上，从此他开始了灯塔管理员的生活。

他确实是最合适不过的人选。他是个孤儿，从小失去双亲，也没有兄弟姐妹，是人民用乳汁把他哺养成人的。在旁人看来，月光岛上灯塔管理员的工作比起囚犯好不了多少，这里缺乏起码的物质生活和文化娱乐，唯一和世界的联系是每隔半个月航运局给他送来粮食蔬菜的运输船。然而奇怪得很，他却深深爱上了荒凉的月光岛，也很满意分配他干的这个工作。

他是个天生喜欢和大自然为伍的人。刚来的那些日子，他简直像个头一回逛动物园的孩子，成天在岛屿周围，在丛林密集的山岩，在洁白如银的沙滩跑个不停。他不知什么是疲倦，一会儿像条梭鱼划开碧蓝碧蓝的海水，遨游在绚丽多彩的海底；一会儿像条懒洋洋的海豹，仰卧在灼热的沙滩上，让热带的阳光炙烤着他那一身古铜色的、充满青春活力的皮肤。他还花了整整一个月的时间，勘探了岛屿的地形，不止一次钻进藤蔓缠绕、难以涉足的热带丛林。他不仅仅是出于好奇，还是对自己将要长期定居的环境做一番认真的科学调查。他学过地质，月光岩裸露的岩层和海边的礁石，瞒不过他一双敏锐的眼睛，他把调查结果详详细细地写入了他的笔记。

月光岛——多么动听的名字——是更新世一次海底火山爆发的产物，从岛上火山堆积物（主要成分是玄武岩）的结构和层次判断，它露出海面的时间不超过5万年。岛上的制高点——那座突兀高峻的月光岩海拔高度172.4米，是当初喷吐熔岩的火山堆。

岛屿面积为0.95平方公里，距陆地最近距离为11.57海里。植物种属估计近百种，主要为桃金娘科、棕榈科、兰科、大戟科、番石榴科。动物种属不详，待查。

根据建筑标记，岛上灯塔是第二次世界大战时日本海军东亚舰队七十五军团所建。

全岛共有居民36人。岛屿西部有一座渔村，渔民过着与世隔绝的生活。他们是什么时候迁入月光岛的，没有人知道。最令人费解的是，渔村没有小孩，一个也没有，只有25个男人，10个女人，也许是由于这里环境艰苦，他们把孩子们安置在了别的什么地方，但也无从证实。至于海岛东部，唯一的居民是灯塔管理员。

不过，年轻的大学生安心在月光岛上生活还另有原因。他并不是那种性情孤僻、离群索居的人。在大学，他活泼、热情的性格就赢得了同学们的好感。他是足球场上一名能攻善守的中锋，航海俱乐部的每次舢板竞赛少不了这员猛将，新年联欢晚会，他那浑厚优美的男低音，常常打动姑娘们的心弦。然而在另外的场合，比如在本生灯冒蓝色火舌的实验室，埋头化学实验的梅生却判若两人。他勤奋刻苦，一丝不苟，深得生物化学家孟凡凯教授的垂青和赏识。他的毕业论文便是在孟教授直接指导下进行的，说得准确一些，这是他们师生合作的一项科研课题。不幸的是，这项重大的科研项目刚进入实验阶段，孟教授却因一次意想不到的事件身陷囹圄，下落至今不明。接着，梅生离开了大学，来到了几乎与世隔绝的孤岛。

气象学家发现，盛行在南中国海和孟加拉湾的台风，有个极为有趣的现象：台风中心有个台风眼，尽管台风经过的地方是遮天蔽日的狂风暴雨，小小的台风眼却别有风光，依然是风平浪静，天晴日朗。在风狂雨骤的那些年月，月光岛正是这样一个平静的“台风眼”。

梅生始终没有忘记他和孟教授合作的课题。他打心眼里爱上了“台风眼”，爱上了这里的宁静和自由。的确，就没有人愿意涉足这儿来过问他的工作，似乎也没有人注意他这个游离在风暴之外的漏网之鱼。他虽然失去了朋友，失去了爱情，失去了他这个年龄应该享受的一切，却赢得了宝贵的时间，可以继续从事他醉心的实验。他在卧室隔壁一间堆放杂物的贮藏室里，精心布置了一间再简陋不过的实验室。几块木板钉成的操作台、大大小小的瓶瓶罐罐，就是他的全部设备；月光岛种类繁多的鸟兽虫鱼，为他提供了取之不尽的实验材料。四年的光阴就这样流逝了，他忘情地从事这项课题的对比实验，积累了将近1000页的实验记录。他朦胧地意识到，一个惊人的结论即将像黎明的曙光一样在这间陋室里诞生。

但是，在这个节骨眼上，实验被迫中断了，整整中断了半个月。梅生想起这些就有些恼火，白白浪费了15天的宝贵光阴。

他很容易逮住了一只活蹦乱跳的金丝猴，那是半个月前发生的事。那天傍晚，他照例点亮灯塔，信步走下月光岩。当他走到离屋子只有十来

步远的地方，忽然听见房里一阵窣窣响动。起初他以为是讨厌的耗子出了洞，可是不对，一道金黄色的闪光在眼前一晃，像是有什么东西从床上蹿上了桌子。他蓦地想起桌上有一盘刚摘的香蕉，也许哪个林中的小馋鬼闻到了香味，趁主人不在的工夫，偷偷溜了进来。想到这儿，梅生蹑手蹑脚走到窗前，猛地关上窗户。

嗬，他万万没想到，自投罗网的竟是一只名贵极了的金丝猴。他高兴得喘不过气来，小心翼翼地把这个毛茸茸的小馋鬼关进了铁笼。一个成熟的念头在他的头脑里油然而生，他决定在这只难以觅求的灵长目高等动物身上进行一次难度最大的实验。他记得有一次，孟教授用低沉的声调对他说："记住，我们的最终目的是揭开人类死亡之谜。一切动物的实验，都不能代替人体本身的实验。我们全部的困难恰恰在于这点，因为我们很难实现人体的实验，这不仅要冒极大的风险，而且是科学所不允许的。"

"那该怎么办？"他询问自己的老师。

"我想，如果能用灵长目动物作为实验材料，我们至少可以接近真理一步，"孟教授深凹的眼窝里，闪动智慧的光芒，"这样的话，我准备下一步请你在我的身体上做最后一个对比实验，我相信我们的结论是正确的！"

"你……用你的身体？"梅生几乎惊叫起来。

"为什么不可以呢？每个献身科学的人都应该随时有这种准备。"孟教授的嘴角浮现一丝自信的微笑，接着他向自己的学生谈起人类历史上许多献身科学的大无畏的勇士，他讲到布鲁诺、富兰克林、居里夫人、塞尔维特……

孟教授的话给年轻的大学生的印象太深刻了。为了做好这次实验，他花了几个通宵拟订了实验方案，对各种可能出现的意外都制定了应急措施。当他环顾井井有条的实验室，看见铺着白床单的解剖台和擦得锃亮的七拼八凑的手术器械，他仿佛置身在大学设备齐全的实验室里了。

他把手伸进铁笼子，安慰忐忑不安的金丝猴：“别怕，小家伙，一点都不疼……”仿佛这只小动物真懂他的话似的。

接着，他走向屋角的一只木柜，那是贮存化学药品及各种试剂的专柜，他兴冲冲地拉开柜门，蓦地，他的手像被什么蜇了一下，很快缩了回来。他气恼地把门“砰”的一声关上，颓然地倒在椅子上。糟糕透了，实验必不可少的药品全部用光。甭说一只金丝猴，连解剖一只苍蝇也远远不够。他只好放下实验，掏出全部积蓄，给出海的渔民开了一张详细的、满是拉丁文的购货清单……

此刻，他的脑子里，仍在默默盘算渔轮返回的日期。不知过了多久，一弯新月从月光岩的顶巅冉冉升起。水银似的月光穿过窗前一株棕榈的扇形树冠，斑斑点点泻在床前的地板上。潮水也上涨了，喧嚣的海潮自远而近，在窗脚的礁石上轰然作响，仿佛憋足了气力要掀掉屹立在巉岩的石屋。金丝猴似乎受到了惊吓，发出吱吱的叫唤声。

“别闹，烦死了！”梅生嘟哝着，伸手打开电灯。他取下墙上挂着的一件夹克，打算到东海岸的渔村探听一下渔轮的确切消息。就在这时，窗外传来他盼望已久的喊声：“梅生——”

梅生撂下衣服，敏捷地奔到窗前，探头向外张望。

朦胧的月光下，一艘黑乎乎的船紧贴着窗下的石壁缓缓移动，像一只甲虫在波光闪烁着的海面上画出一条长长的、清晰的曲线。船上有人高声唤道：“喂，快来！”

不错，是他们！梅生含糊地应了一句，兴奋地拔腿跑去。他听得很真，喊他的是那个诨号叫海狼的老渔夫。他飞也似的跳下门前的石阶，沿着坎坷不平的岩岸向前奔去。

渔轮乘着涌进海湾的潮水，在几株棕榈树的阴影里靠了岸。它熄了火，像跑累的牲口一样呼哧呼哧地喘着粗气，浑身颤抖。梅生的脚步渐渐放慢了。他有些纳闷，往日，海狼老爹总是把船只停泊在渔村那边，然后打发个人把东西给他捎来。可是，今天是什么风把他吹来了呢？他来不及细想，海狼老爹已经迎上前来，把一只方方正正，还用绳子捆得挺结实的纸箱塞在他的手里。

“给你，”他嘟哝着说，“这玩意儿真不好买，跑了好几家都说没货，最后还是托我的表弟走了后门，到化工仓库里把药品配齐的……”

梅生接过纸箱，心里有说不出的高兴，忙不迭地道谢。

“谢什么！”海狼老爹吼了起来，皱着眉头说，“以后少说这些见外的话，我不爱听！”

梅生尴尬地笑笑，和他搭讪了几句闲话，接着亲热地拉着他的胳膊。“老爹，坐一会儿吧，还有大半瓶五加皮。外面最近有些什么新闻，给我讲讲……”

梅生说到这儿，戛然而止，他发觉海狼老爹对他的盛意邀请，反应极为冷淡。老渔夫忧心忡忡，两手对搓，面部的表情在月光映照下显得分外严峻。

“出了什么事？”梅生不安地问，“难道渔船在海上出了事故，是不是哪个渔民遇难了……”他的脑子里闪电似的胡思乱想着。

海狼老爹吞吞吐吐，他的一双忧郁的眼睛，在对方充满惊骇的脸上足足打量了好几分钟。梅生见他嘴唇嗫嚅，像是要说什么似的，可是他的话到了嘴边又咽了下去，接着默默地朝亮着灯光的房子走去。

“老爹，你是怎么啦？”梅生紧跑了几步，和海狼老爹前后脚走进房内。

海狼老爹拖来一把凳子，坐在靠窗口不远的地方，慢吞吞地掏出烟斗。他划着火柴后，突然从凳子上站起来走到过道里，朝那间“实验室”瞅了一眼。梅生对他的举止感到奇怪，正待开口询问，海狼老爹扭过头问道：“我想打听件事情，梅生，你实话告诉我，你的那个把死鱼救活的办法，究竟能不能救……救人？”听得出来，他的声音微微有些颤抖，显然他说这番话是经历了一番斗争的。

梅生越发感到莫名其妙了。过了半晌，他的嘴里才断断续续冒出几个字：“谁？到……底……是谁？”

海狼老爹见他脸色骤变，连忙向他说明：“你别紧张，不是我们这儿的人。”没等梅生开口，他又急迫地问，“到底行不行？”

梅生的心里一块石头落了地，他如释重负地舒了口气，一屁股坐在床沿上，眨眨眼睛，思忖着该怎样回答海狼老爹提出的问题。他十分为难，在这个孤岛上，只有海狼老爹一个人知道他的实验，那是一次无意中被海狼老爹发现的。不过能不能把死人救活，他没有实验过，这些深奥的道理，他也无法三言两语对海狼老爹讲清楚。他用手挠挠头，面有难色地道：“老爹，不瞒您说，医生不见病人是无法开方下药的，你叫我怎么说呢？”

海狼老爹对这样的回答有些失望，他一时没有作声，低着头猛吸了几口烟。过了片刻，他磕掉烟斗中的烟烬，终于把事情的原委说了出来。

“是这么回事，天刚黑下来的时候，我们已经看见了月光岛模模糊糊的轮廓，估计距离月光岛顶多只有十几里光景。这时忽然在渔船的左前方出现一片刀鱼群，密密麻麻，连海水都变了色。你知道，我们当然不肯轻易放过这个送上门的好机会，再说船舱还空着一半哩。于是我们围着这片海区兜了个大弯，足足忙了两个多钟头。等我们收完网具，满载而归，月亮已经升得老高老高了。”

海狼老爹把凳子向梅生这边挪近些，低声说：“事情怪就怪在这儿。渔船靠了岸，伙计们盼家心切，一个个走光了。我瞅着你这箱药品，知道你等着要用，决定先上你这儿来，顺便带几条新鲜鱼让你尝尝鲜。我扒开甲板舱口的铁盖，猫着腰把胳膊伸了进去，嗬！好凉，鱼群裹着一块块人工冰哩。我用手在舱里东摸一把，西抓一把，里面漆黑一团，什么也看不见，忽然我的手摸着一个软绵绵的东西。‘噢，这是个啥玩意？’我心里顶纳闷，这不像海蜇，也不是乌贼，细长细长，还顶软和，我索性俯下上半截身体，把脑袋伸进舱口，顺着那个柔软的东西往前摸了过去。大约摸了几分钟，天哪！我突然像触电似的跳了起来，后脑勺刚巧磕在铁绞盘的铁把上，痛得我龇牙咧嘴，我顾不得许多，撒开腿跑进了驾驶室，把门紧紧关上了……”

梅生见海狼老爹说得绘声绘色，叫人心里发毛，忍不住问道：“你到底摸到了什么？”

海狼老爹一双惊恐的眼睛睁得老大，他向左右瞥了一眼，然后贴近梅生的耳朵，悄悄地说了几个字。海狼老爹的话刚说完，只见梅生腾地从床上蹦起来，大惊失色地说：“你真的看清楚了？”

“这还有假，回来我又打着电筒凑到跟前仔细瞅了瞅，的的确确是一具尸体，而且还是个女人！”

“女人？！”梅生不由得惊叫起来。

“嗯，不信，你自己去看看嘛！”

“在哪儿？”梅生气喘吁吁地问。

“就在门外，船上呀！”

“嘿，你怎么不早说，快带我去看看呀！”

几分钟后，这一老一少像一阵旋风似的跑到船上。这时月亮从一团薄絮般的云彩中钻出，似乎也在好奇地窥视着渔轮上发生的一幕人间戏剧。

梅生的脸色苍白，神情紧张极了。他弓着腰，壮着胆子钻进了敞着口的，寒气逼人的冷藏舱。过了一会儿，他抱出了一具尸体，海狼老爹在一旁搀扶，帮着他爬上甲板。梅生小心翼翼地托住尸体，转过身来，刚巧，淡淡的月光迎面而来，把尸体的面部和全身照得清晰极了。在这一瞬间，梅生和海狼老爹异口同声地惊叫起来：“呀！”

他们看得再清楚不过了：纠缠粘连的乌黑长发，清秀瘦削的面容，紧贴身体的单薄的连衣裙，裸露的脚踝和浅黄色的人造丝袜……原来死者是个只有十八九岁的少女！

他们默默对视了一眼，谁也不想开口。真的，有什么可说的呢？这个二十七岁的青年人和那个比他年岁大一倍还多的老渔夫，胸口都感到郁闷，似乎有一团烈火在里面奔腾。他们当然不知道这位不幸的少女的身世和死因，也没有学会用世俗的天平称量称量他们的举动可能带来的后果。海狼老爹只觉得鼻子一阵酸楚，苦涩的泪水在他那被海风吹得红肿的眼眶里直打转转。他用像锉刀似的粗糙手掌，温存地抚摸着那只没有知觉的、苍白的、纤细的手指，喃喃地说："可怜，真是造孽啊……"

怀里抱着尸体的梅生脸色变得铁青，阴沉的目光默默地凝视着万籁俱寂的海面。他神情有些恍惚，这突如其来的悲惨景象使他的心房隐隐作痛。他希望这不过是一场噩梦，一种不存在的幻觉，等一会儿就将从眼前消失：大海，渔船，连同这具少女的尸体。他凭直觉判断，死者肯定不是失足落水的，从她的衣着、脸部表情都可以看出来。但是她是谁？这样的青春妙龄，一朵含苞吐艳的鲜花，为什么要走上这条绝路？谁也无法回答。梅生捧着这具尸体暗自思忖："怎么办？把她重新抛到大海里葬身鱼腹，然后从地球上永远消失，不留一丝痕迹呢？还是……"

"你倒是说话呀？"海狼老爹见梅生痴呆的神情，用胳膊肘捅了他一下，焦虑地问。

"嗯？"梅生从冥想中惊醒过来，看了一眼怀里的尸体，他觉得死者像是睡着了似的，心里一动，不禁感到十分惋惜。

"你没有告诉别人吧？！"他向尸体努了努嘴。

海狼老爹会意地眨眨眼睛答道："除了你我，只有它知道。"他手指着头顶上的明月。

“试试看吧！”梅生咬着嘴唇，费了很大气力从牙缝里挤出这句话。他突然觉得有一股无形的力量在鞭策他，激励他，推动他。他把这具无名尸体郑重地贴在他那温暖的胸膛上，像是从大海里拾到人间遗弃的珍宝，大踏步朝石屋走去。

月光如水，在他们身后不远的丛林里突然传来一声猿猴的哀鸣，声音悲凉而凄惶……

二

传说月亮和潮汐是一对热恋的情人，它们每月定期约会，诉说衷情。每当一轮皎洁的圆月在天际露出她那晶莹美丽的脸庞，潮汐就会再也抑制不住澎湃的激情，兴奋地向它的情人扑过去……

这天，月亮和潮汐又相会了。海湾里潮流激荡、奔腾，白花花的大浪在嶙峋的礁石上跳跃、欢笑，发出声震如雷的吼声……

但是，实验室里静悄无声，唯有房顶一盏一百瓦的大灯泡发出耀眼的光芒，比往常任何时候都显得格外明亮。不知从什么时候，梅生迷迷糊糊合上了眼皮。他头枕着胳臂，靠在操作台的边沿上睡着了。

在这间充满静谧气氛的房里，一切都归入沉寂。就像经过一番鏖战的战场，疲惫不堪的士兵和衣倒在掩体内，大炮和机关枪暂时也保持沉默。不过如果留心观察的话，在这个悄无声息的小小空间里，科学和死神的搏斗正处在短兵相接的决战阶段，整个战役的胜败也许即刻就要揭晓了。

靠墙临时用木板搭成的一张单人床上，雪白的床单严严实实掩盖了一切，只是在上端露出毫无血色的半张脸，既无从窥视她的面容，也无法判断那里是否存在真实的生命。床头捆着一根指头粗细的竹竿，吊着一只透明玻璃瓶，一滴滴淡黄的液体从里面渗了出来，顺着一根细长的橡皮管，伸进了白色的床单。

静，从未有过的安静。不过，倘若留神聆听，隐隐约约的还有一阵阵酷似春雨叩窗的沙沙声，这声音来自操作台上，低微得令人难以觉察。

那是一口大玻璃缸，透明的玻璃盖下，成百上千的蚂蟥蠕动着，形象丑恶，面目可憎，没有比这更令人害怕的了。这些自然界的吸血鬼挤成一团，像泥鳅似的翻来覆去，企图逃出束缚它们的小小空间，不过玻璃盖扣得那么严实，它们的一切努力都失败了。它们攀爬，挣扎，互相践踏，不断从口腔分泌出淡黄色的汁液，这种汁液和床头悬吊的玻璃瓶内的液体何其相似。轻微的沙沙声便是从这里出来的。

这里进行的实验，神秘极了，令人百思不解。也许只有梅生一个人才能解释，可是他实在太辛苦，太疲倦了。整整一个星期，他几乎没有睡过一个安稳觉，他的全部心思完全集中在抢救这个死去的女子上。他竭尽全力，把他的知识，他的智慧，还有他和孟教授合作研究的成果，一点不剩地用上了，可是结果究竟如何，他心里没有十分的把握……

为了不打扰实验，海狼老爹尽量不上这边来。但是老渔夫实在难以控制自己，时常在夜深人静的时候跑来探听消息。这天黎明出海之前，他又在窗下出现了。

“怎么样？有希望吗？”他踮起脚尖问道。

梅生打着哈欠，眼睛通红，又是一夜未睡。

梅生的神情有些焦躁不安，他比任何时候都清楚，情况并不乐观。虽然经过他的努力，这个被死神夺走的女子，在第二天清晨，心脏就重新起搏，体温开始明显回升，肌体的肤色也由于血液通畅出现淡淡的血色，可是他并没有消除内心的疑虑。过去在许多动物身上做过的实验提醒他，这往往是死神耍弄的骗人花招。果然，他的估计不错。第四天清晨，女子的情况急剧恶化，她的呼吸变得非常微弱，滚烫的额头像烧红的炭火。梅生清楚地了解，在这个性命攸关的时刻，只要高烧不退，全部努力将会溃于一旦，残忍的死神会再次夺走这个不幸的女子。不过他没有把这些告诉海狼老爹，也许是不想使老人失望，或者是他还不甘心在死神的威力下退却，他勉强地微笑着，对即将出海的老渔夫说："你放心吧，我是不达到目的誓不罢休的！"

"那就好，不过你自己也得注意，不要弄垮了身体。"老渔夫没敢多耽误时间，关照了几句，又问，"有什么事要办吗？"

梅生略微想了一下，叫他等一等。过了一会儿，他开了一张购货清单递给窗外的老渔夫。

海狼老爹走后，梅生的睡意顿消，他用冷水洗把脸，冷静地坐了下来，把整个治疗方案从头至尾做了一番检查。他翻开一张张观察记录，对抢救过程的每个细节都用怀疑的眼光重新加以审查，最后他恍然大悟了。

"对，应该这样！"他蓦地拍了一下巴掌，兴奋地站起来，在屋子里激动地走来走去。

梅生找出抢救过程中的明显错误，主要是药剂用量偏低，不敢超过理论计算公式的平均值。他没有想到实验对象不是一般的低等动物，而是实实在在的人。由于药量不够，这个女子的体内，生与死的因素一直处在胶着抗衡的状态，并且愈来愈恶化。看来这个公式还不够完整，它在应用于人体时要加一个参数。

"这个参数应该是……"他一面用铅笔在纸上迅速计算，一面翻看病历记录。当他算出了最佳参数值时，他大胆地修改了原定的实验方案，把药物浓度加大了一倍。他找了一根竹竿，吊起了玻璃瓶，把定时注射改为点滴，这样一来，药物作用的效果好多了。他像个运筹帷幄的指挥官，探明了敌军防线的薄弱环节，当机立断地把最精锐的部队投入战场，由被动防守转入了战略性的总攻击了……

然而，这个大胆的方案对他来说，毕竟是第一次，没有先例。他不能不捏一把汗，担心药物过猛会带来意想不到的副作用，甚至会带来无法挽回的突发性死亡。他带着这样无穷的忧虑进入梦乡，他的脑子仍在不停地苦苦思索……

忽然，“水……水……”的声音，在梅生的耳膜里嗡嗡了一阵。处于半睡眠状态的中枢神经，突然亢奋起来，像雷达似的四处捕捉这陌生的信息。这声音仿佛是从遥远的宇宙空间传来的，微弱得像一线极细的金属丝，飘浮在空中，忽隐忽现。梅生平时难得听见人们说话的声音，因此他的听觉变得非常敏锐，这种微弱的声音出现不到几秒钟，梅生蓦地从酣睡中惊醒过来，他像闪电一般敏捷地直奔床前，伸出了手。

“谢天谢地，成功了！”他的手接触到女子的前额，冰凉冰凉，还有一层黏糊的茸毛似的薄汗。他不禁失声叫了起来。他的眼睛顿时变得模糊起来了，一行温暖的苦涩液体淌进他的口腔……这个男子汉再也抑制不住自己的兴奋和激动，他有生以来第一回热泪滚滚，无法自禁。

他的心情难以用笔墨形容。这时，他恨不得一口气跑上月光岩，向着茫茫的大海，高声地对彼岸还在梦乡的世界宣布他的惊人发现。他要告诉那些遭到不幸的老人和孩子、父亲和母亲、丈夫和妻子，不要轻易地把一个失去生理机能的生命宣布为死亡，不，决不能这样……然而科学家的秉性使他立刻冷静下来，他什么话也没有讲。他用颤抖的手拔掉女子手背上的针头，现在这已是多余的了。接着他取来一只盛满饮料的玻璃杯，给复苏的生命补充养料。

那个女子的眼睛还没有睁开，她大口大口地吸吮着，像初生的婴儿贪婪地吸吮母亲的奶汁，一杯饮料很快喝光了。过了一会儿，她的眼皮好像感受到灯光的刺激，微微跳动。梅生屏声敛息地观察她的动静，像产妇第一次见到自己的婴儿，心中充满忐忑不安而又难以自禁的喜悦。

过了十来分钟，也许更长一些，那一对有着长睫毛的大眼睛终于挣脱了死神布下的黑暗罗网，慢慢睁开了。不过，这双刚刚恢复视觉的眼睛并没有向站在他面前的陌生人表示丝毫好感，反而交织着复杂极了的种种神情：惊骇、恐惧、悲哀、痛苦，甚至还有点仇视的情绪。只有对人生绝望的人才会投射这样的目光。

“你别害怕……”梅生含笑地望着她，竭力想减轻她的恐惧。他轻轻摸着她的额头，不料她像只受惊的兔子，猛地推开梅生的手，全身蜷缩一团，用充满敌意的目光警戒着。

过了片刻，她突然喊叫道：“你是谁？这是什么地方？”这是她的生命重返人间后的第一句话。梅生发觉她说话时，全身瑟瑟发抖，像发疟疾似的。

“安静一点，姑娘，不要害怕，这里没有人会伤害你……”梅生后退一步，笑容可掬地安慰她。但是，这个女子仍然惊慌不安地环顾着周围，她看了看占据半个房间的长桌，对上面许多奇形怪状的玻璃瓶凝视了很久，又把目光放在梅生身上打量着，接着她转过头来向窗外望去，瞥了一眼玻璃窗上晃动的树影月光，突然她挣扎着坐起，声嘶力竭地喊道：“你放我走！你放我走！”也许是她觉得自己身单力薄，自己的要求不会得到别人的同意，她又伤心地哭了起来。

梅生不曾料到会出现这样尴尬的局面，一时慌了手脚。他连忙上前像哄小孩似的劝她，和颜悦色地对她说：“姑娘，你现在是在月光岛上，你知道吗？这里是个孤零零的海岛，四周都是大海，没有人来伤害你的，你害怕什么呢？”

梅生这番话居然生了效，女子停止了哭泣。她仿佛大梦初醒，脑海里忘却的记忆好似大雾遮盖的景物，渐渐云消雾散，显示出来了，她多少回想起了一些，于是她抬起眼睛，疑惑地注视梅生，喃喃自语道："这到底是怎么回事？我怎么会到这儿来的？"

梅生见她开始安静下来，紧张的心理已经消失，不觉松了口气。他没有急于回答女子的问题，而是继续向她介绍月光岛，还作了一番自我介绍。他在说话的时候，用螺丝刀打开一听菠萝罐头，放在她的面前。

她这回没有推却，默默地接过来，用汤匙尝了一口。可是她仿佛又触动了心事，仅仅尝了一口就再也吃不下去了。她的鼻子一阵酸楚，泪水像断线的珍珠顺着面颊淌了下来。许久以来，她记不清有多少年了，没有人对她这样关心，这样体贴，她的一颗冰冷的心被一点点温暖感动得颤抖了……

梅生并不理解她的满腹苦衷，以为她身体不适，忙问："你怎么啦，哪儿不舒服？"

女子侧过脸，用手抹去泪珠。沉默半晌，她用恳切的口气轻声问道："请你告诉我，我到底是怎样到这个岛上来的？"

梅生这时的心情十分矛盾。他不善于说谎，可是他也不敢马上把真情实况原原本本告诉她，他担心这个女孩子脆弱的神经不一定经受得住这样大的刺激。

女子见他沉吟不语，越发疑虑重重。"难道有什么不能对我讲的吗？"她问。

"不……不是……"梅生吞吞吐吐地说，他见女子一双火辣辣的眼睛直盯着自己，越发找不出合适的字眼来。憋了半天，他只得无可奈何地说："当然可以。"他停顿了一会儿，又说："不过，你必须答应一个条件我才告诉你，行吗？"

"还有条件？"女子的嘴角浮现一丝不易觉察的微笑，她的笑靥是很动人的。

"当然，不许激动。不论听到什么，都不许激动，能做到吗？"梅生突然增加了勇气，对她说。

女子咬了咬嘴唇，微微点头，算是答应了梅生的条件。她并不理解他的用意究竟何在。

这时，梅生拖过一把椅子，坐在女子对面，不过他还不敢正视她。他清了清嗓子，扼要地讲起七天前海狼老爹怎样在渔轮的船舱里发现她的，又怎样跑来找他，怎样从船舱里把她抱上来，以及抢救她的经过。

“说实在的，你怎么到这儿来的，我也不太清楚。我只知道你是被拖网从海里捞上来的。当时天已经黑了，你又是裹在一堆鱼中间，所以渔夫们把几千斤鱼拖上船，你即刻和鱼儿一起入了库，幸好海狼老爹在无意中发现了你，不过很不幸，当时你早已死了……”

“我死了？！”女子失声惊叫起来，她的表情简直比听见太阳从西边升起还要惊愕许多倍。

“嘘——”梅生做了一个手势，示意她不要忘记刚才提出的条件，“你以为我撒谎骗你吗？我把你从船舱里抱出来，差不多快九点钟了。你停止呼吸最少有六个小时（这时女子若有所思地点点头），幸好你的心脏还有百分之几的微血管没有完全凝固，动脉、静脉和微血管组织也没有完全僵死。所以我抱起你的时候，发觉你的皮肤还没有失去弹性……（梅生说到这里，满脸涨得通红，偷偷地瞥了她一眼），这使我产生了抢救的念头。当然，如果在医院里，你准会被送进太平间……”

女子眨眨眼睛，怀疑地摇着头。“没听说过，人死了还能回生……”她喃喃地说。

梅生有点恼火，他态度生硬地说：“我早就料到了，任何一个人处在你的位置，都会骂我是疯子、骗子，嘴里不说，心里也会这样想的。”说罢，他在房内激动地走来走去。

“你生我的气了？”靠在枕头上的女子见梅生面带愠怒，有些不安。

“啊，不不……”梅生站住了，用抱歉的口吻解释道，“你别见怪，我就是这么个脾气的人。”停顿片刻，他继续用平静的声调，仿佛是向学生讲课似的对女子谈起他的见解。

“要想动摇一种长期形成的世俗观点，哪怕是一个常识性的问题，也极不容易。就以人的死亡来说，这是人们司空见惯的现象，可是谁能正确地回答，什么是死亡的本质，怎样才算是死亡呢？战国的时候，虢国的太子突然昏厥不省人事，许多御医都诊断他已经死去，宫廷里也准备为太子做后事、发丧，但是当时的名医扁鹊力排众议，把已经‘死’了三天的太子救活。这个古代医学上的奇迹用现代医学知识来看，不过是一种很普通的治疗休克罢了。但是，你可以想象，在几千年的时间里，有多少这样并没有真正死亡的人，被那些一知半解、不学无术的庸医误诊为死亡，白白葬送了性命！”他的声音发涩，说话的调子也提高了，“今天这种情况还不是照样存在，医学还没有从根本上脱离蒙昧的阶段。一个健康的人，得了急病，或者遭到意外事故，这种非正常性的死亡和年老丧失生理机能引起的死亡本质上是截然不同的。就像一台出厂不久的崭新机器，损坏了几个零件，完全可以修理，轻率地宣布死亡是不能容忍的！”

梅生愈说愈激动，没有发觉那个女子突然脸色苍白，呼吸急促。她的头一阵晕眩，身体不由自主地瘫倒在枕头上。

等梅生回过头来一看，不禁吃了一惊。“你怎么啦？你看我这个人，对你讲这些干什么……”他一面后悔地责备自己，一面上前扶起那个女子。见她渐渐好转，梅生便叫她好好休息，他也准备回到自己的卧室去了。

“你好好睡一觉吧，现在对你来说，最要紧的是多休息，我不打扰你了……”他说。

梅生刚要走出门，那个女子突然用很大的劲攥住他的手，挣扎坐起，用急不可待的口吻央求地说：“不，你不要走！”

梅生疑惑地望着她，对她的举动感到有些莫名其妙。

“我想问你一件事，不知该不该问。”那个女子喘着气对梅生说，她的神色凄惶，似乎有无穷的顾虑。她接着又补充了一句，“当然，如果你觉得没有必要，也不要为难。”

“没有关系。只是我担心你的身体，过多地说话对你的健康不利。如果不是十分重要的事，留待明天再谈也可以嘛。”梅生向她解释道。

“不，我希望早点知道，越早越好。”她固执地说。她见对方没有异议，便说道：“按照你刚才的说法，我已经死过一次了，而且情况已经到了现代医学无法挽回的地步。因此，我很想知道，你是用什么灵丹妙药把我救活的……”她特别在“灵丹妙药”这几个字上加重了语气。

梅生见她绕了这样大的弯子，仅仅是提出这个问题，不禁哑然失笑。“你是不是以为我还要保密？”他冲她一笑，立即转身去取那只盛满蚂蟥的玻璃缸。但是当他走到操作台旁，他却犹豫了。

“有必要吗？”他想，因为他觉得这里面的动物实在令人害怕。

女子的目光一直追随着他，这时也停滞在那只玻璃缸上。“那里面是什么？”她似乎有某种预感，急促地问。

“蚂蟥——”梅生的话冲口而出，他后悔不已，但已经收不回了。

“啊，原来是这样！”那个女子用几乎听不见的声音自语道。

梅生见对方没有动静，以为她并不是自己想象的那样脆弱，便告诉这个女子，拯救她生命的并不是什么灵丹妙药，而是这种外貌丑陋、令人厌恶的蚂蟥。“你大概知道，蚂蟥这种动物可恨极了，人们下田插秧，它就用吸盘牢牢地贴在人的大腿或者脚踝上，它咬破皮肤，同时不断分泌一种特殊的液体，使血液里的血小板失去凝固血液的功能，这样一来，伤口不会愈合，血液就像决堤的河水源源不断流入它的口中。”他见那个女子全神贯注，凝神地注视自己，不由得避开她的目光，继续发表他的学术见解，“在一般情况下，蚂蟥这个‘吸血鬼’对人类或其他动物都是有害的。但是事物都有两面性，蚂蟥的这种分泌物，具有阻止血液凝固的功能，却是大自然赋予人类的宝贵药物。你想，人的死亡很重要的一个原因是血液在血管里凝固了，心脏接着停止跳动，随之而来的是肌肉僵死，体温下降，就像一条奔腾的河突然停止了流动一样。但是蚂蟥的分泌物却具有特殊生理功能，能在一定的条件下促进凝固的血液重新溶化，所以我们把这种神奇的分泌物命名为——”

“生命复原素！”那个女子突然激动地喊叫起来。她的脸色由于兴奋泛出一团红晕。

一刹那间，梅生惊呆了。他的脸色陡变，一双眼睛睁得像铜铃似的。他似乎不敢相信自己的听觉。因为据他所知，这个神秘药物的名称到目前为止，世界上只有两个人知道，一个是孟凡凯教授，另一个就是他自己。

他目不转睛地打量着靠在床头上的女子，仿佛第一次见到她似的，同时缓步向她走去。的确，这是梅生第一次仔细端详这个陌生的女子。虽然整整一个星期，他食不甘味、寝不安枕，守候在她的卧榻之旁，但是在这些紧张的日日夜夜，说句不客气的话，这个女子仅仅是他的实验材料，他来不及，也没有想到注意她的面容。现在不同了，完全不同了。他要好好地看一看，把她的脸庞活生生地印在他的脑子里。的确，这个女子长得很美。她身材苗条，温柔可爱，一双长睫毛的大眼睛，像一泓碧蓝的深潭，蕴含着脉脉温情；线条柔美的鼻梁下端，一张大小合适的玫瑰色嘴唇紧紧闭合，似乎不愿向人透露她的秘密；苍白得像大理石一样的脸颊，有一对含笑的酒窝，使她的一言一笑格外妩媚动人……

梅生痴痴地注视着，注视得越久，心里越加疑惑，这个女子长得多像他的老师，鼻子、嘴巴，甚至连她说话的声调却很像。难道她……他只顾这样凝神注视，而且走得离她这样近。那个女子害起臊来，感到如芒在背，她极力避开梅生灼热的目光，灵机一动，对他说：“我渴极了，给我一杯水吧。”

梅生被她提醒，如梦初醒，连忙转身去取玻璃杯。然而他仍然回头向她瞥了一眼，问道："你是怎么知道的？"

女子的神色顿时一变，她的嘴唇抽动，不可抑制的泪水突然像涌泉般夺眶而出。"我怎么不知道呢？"她伤心地说，"我的爸爸就是第一个发现生命复原素的人……"她再也说不下去，俯身在枕上悲伤地大哭起来。

玻璃杯从梅生的手中"砰"的一声掉在地上，砸得粉碎了。梅生的全身像电击似的一阵战栗，他无法想象生活中还会出现这样的巧遇，他感到揪心的痛苦，但同时也感到难言的喜悦。他不知自己是怎样跑向那个女子的身边，又是怎样毫无顾忌地把她一双手紧紧放在自己温暖的手掌中的。他含着泪，用颤抖的手抚摸那个嘤嘤啜泣的女子的肩头，喃喃地说："你是孟薇？真的？这不是做梦吧……"

她的确就是孟薇，孟凡凯教授的独生女儿。她把头紧靠在梅生那双紧攥的拳头上。郁结在她心中的万般苦楚，终于像冲出火山颈的岩浆，可以向面前这个可以信赖的亲人、她父亲最钟爱的学生倾吐了。她悲喜交集，像见到离散多年的兄长一样，把满腹话语凝集成一句最简单不过的心声：

"梅生哥哥……"

三

四年前，一个寒冷、漆黑的晚上……

风刮得很猛，高压线在寒风中不停地呜咽，向海滨蜿蜒伸展的一条松林大道，寂无人影，显得格外荒凉。这一带原是T城风景最美的地方，离马路一侧的人行道不远，一幢幢别墅式的造型典雅的小楼，掩映在一片小松林里，这是东南海洋大学教授们的住宅区。此时黑暗吞噬了一切，点缀在道旁和庭院中的森森树影仿佛隐藏着可怕的危险。当暮色浓重，狂风大作的时候，那些蜷缩在黑暗中的小楼窗户里先后映出了暗淡的灯光，可是临街的一幢小楼，有扇玻璃窗却敞开着，里面漆黑一团，使人疑心那是无人居住的空房。

不过倘若留心观察，在背景模糊的窗口下面却伫立着一个十五六岁的女孩子，她像一尊石像般木然地凝望着漆黑的夜空。似乎不知道什么是冷，对拂面吹来的寒风也丝毫没有感觉，她的头发散乱，目光呆滞，神色悲哀，一行泪珠默默地在脸颊流动，那般悲痛欲绝的模样，简直叫人目不忍睹。谁也不知道她在黑暗中究竟呆立了多久，但是当马路两旁的街灯一下子明亮时，她像是猛然惊醒，伸手关上窗户，转身向房间另一边缓缓移步。

她拧开了电灯，在这一刹那间，她的面容暴露无遗了。她就是梅生在月光岛上救活的那个女孩子——孟薇。不过比起在月光岛上的模样，她这时要显得年轻得多，脸颊也丰腴饱满些，不脱少女特有的天真和稚气。但是她的神色委实太悲哀了，意想不到的飞来横祸，像夏天的冰雹，把这柔弱嫩草摧残得奄奄一息了。

事情发生在几个小时以前……

那时，这个小家庭还笼罩着欢乐的气氛。优雅、轻快的钢琴声，带着令人陶醉的旋律飞出窗口，飞到马路两侧的街心花坛，一直钻进过路人的耳朵里。这是孟薇用音乐的语汇编织她心中欢乐的歌声。第一件最叫她称心、最高兴不过的事情，是她上大学的事终于有了着落。昨天晚上班主任老师家访时，悄悄地告诉孟薇的妈妈，今年的高等学校考试，她名列前茅，取得全校最优秀的成绩，学校打算推荐她上全国第一流的大学。为这，母女俩兴奋得一夜未眠。

次日清晨，喜事接踵而至，邮递员带来了母女俩盼望已久的消息：出国访问的孟凡凯教授从遥远的巴黎拍来一封电报。

“妈妈，妈妈，爸爸今天要回来啦！”孟薇兴奋得满面通红，一阵风似的扑在孟母的怀里，像撒欢的小猫儿高兴得直打滚。

“都快进大学了，还像个三岁的娃娃，一点不成样子！”孟母被女儿搂住脖子，喘不过气来。她轻轻地推开孟薇，嗔怪地说。

“妈——”未来的大学生撒娇地捂住妈妈的嘴，不让她再说下去。“难道你不想爸爸，爸爸离家都快三个月了，嗯？”孟薇调皮地驳道，一双水灵灵的大眼睛闪烁出少女的天真。

“死丫头，越说越不像话了！”孟母佯怒地举起手，做了一个吓唬女儿的动作。孟薇却咯咯地笑着，从妈妈的怀里挣脱了。

这是个幸福美满的家庭。三个月前，孟教授前往欧洲参加一个国际海洋生物化学的学术会议，并进行学术考察。他即将归来的消息给全家带来了无法形容的欢乐。孟薇首先想到，她要把考上大学的喜讯，在爸爸跨进房门时，立即告诉他，她用自己丰富的想象力揣测爸爸听到这个消息时的表情，忍不住开心地笑了起来。孟母的心里也有说不出来的高兴。这不仅是因为丈夫远道归来，心爱的独生女儿考上了大学，在她的心头还隐藏着一个莫大的秘密，连女儿也被瞒着哩。这天，在她的记忆里，永远是终身铭记的。三十年前她和孟凡凯正是在这天结了姻缘，在海滨的一个乡村小学的教室里举行婚礼的。那时她刚刚二十岁，在小学当国文教员。她无论如何也不会忘记，在她穿上新嫁娘的花旗袍还不满一个月，这一对新婚夫妇便挥泪而别。孟凡凯搭上一艘开往巴黎的法国邮船，到欧洲去寻找科学的真理了。他先在巴黎求学，继而先后在布鲁塞尔、哥本哈根和伦敦任教。一直到祖国新生的消息传到大洋彼岸，他才冲破重重的封锁，辗转回到祖国，和离别了十年之久的亲人团聚。而她，始终在偏僻的乡村苦苦等候着丈夫的归来。她是典型的东方女性，温存，善良，而且意志坚韧，在孟凡凯留学国外的漫长岁月，她节衣缩食，从自己不多的薪金里留下微乎其微的生活费，其余全部用来赡养孟凡凯八十高龄的老母亲，使丈夫能够安心求学，免去后顾之忧。孟教授每每想起自己贤惠的妻子，总是无限感慨地说，如果没有她的牺牲，他不可能完成高等教育，更谈不上做出科学上的成就。这话说得并不过分。这一对结发夫妻相敬如宾，情谊挚厚，在朋友中被传为佳话。

也许是想到今天是他们结婚三十周年的纪念日，孟母从清早起就手脚不停地忙碌开了。她五十岁出头，患有严重的心脏病，心肌梗死和心绞痛使这个刚毅的老教师不得不提前退休。可是这天，她像是年轻多了，天气变化带来的不适似乎也减轻了，她一连跑了好几趟菜市场和食品商店。为了准备这顿不寻常的晚餐，她从上午忙到下午，当她看到铺着雪白台布的餐桌上摆满了丈夫平日最爱吃的菜肴时，她的脸上才露出了满意的笑容。

接近黄昏的时候，天气骤然变冷了。气象台预告的西伯利亚寒流突然降临这个依山傍海的城市。风在屋顶上怒吼，门窗刮得哐当直响。孟薇和母亲不免暗暗担心，她们的心情像窗外阴沉的天色一样变得暗淡下来。

她们坐在卧室里小声议论着，唯恐天气会耽误孟凡凯的归期，这时，一阵急促的敲门声打断了母女的谈话。她们的第一个反应是兴奋地站了起来。

“是爸爸！”孟薇不假思索地嚷了起来，她的脸颊由于极度兴奋泛起一团红晕，使得她的容貌格外妩媚可爱。但是待她兴冲冲地前去开门时，她的手臂被母亲一把拽住了。

她俩迅速交换了一下眼色，孟母急忙用疑惑的目光示意孟薇：“等一等！”孟薇起先对母亲的这番举动感到纳闷，但是，不到几秒钟，她也警觉起来，脑子里打了一个大大的问号。

“砰！砰！”的敲击声变得更加急促、更加暴躁起来。孟母衰弱的心脏像是被重锤敲打了一样突然感到分外不安。她用手捂住胸部，勉强扶着女儿的手臂，向客厅走去。“谁呀？”她大声问道。

不料回答她的却是一声刺耳的粗暴的声音：“快开门！”接着雨点般的拳头落在门板上，发出令人惊恐的响声。

孟薇和母亲愕然了。她俩默默地对视了一眼。孟母见女儿脸色煞白，惊慌失措，赶忙用温暖的身体把孟薇搂得更紧，似乎这样可以安全一些。“别害怕，妈妈去看看。”她轻声安慰女儿。不过孟薇发觉妈妈在说话时，嘴唇不住地颤抖着。

孟母稍稍镇定了一会儿，便穿过卧室外一间面积不大的小客厅，伸手拉开了门后的弹簧锁。

在这一瞬间，两个身穿蓝色制服的人气势汹汹地闯了进来，卷进了一股冷风。来人面目陌生，满脸愠怒，显然是对迟迟开门极为不满。他们没有马上开口，而是用冷冰冰的目光在母女俩的脸上打量着，显示出一副不可一世的傲慢神气。

“你们二位找谁？”孟母并没有被他们咄咄逼人的目光震慑住，反而提高了嗓门挑战似的问道。

“我们？这个你管不着！”其中一个瘦瘦的高个子轻蔑地冷笑着，从鼻子里哼了一句。

“这是孟凡凯的家吗？”另一个有些发胖的、身材较矮的人态度比较缓和，面对孟母明知故问道。

“是的，请问有什么事情？”

但是这两个行动诡秘的人并不急于回答孟母提出的问题，他们对视一眼，旁若无人地跨进客厅，把孟母和孟薇丢在后面。

瘦高个子背着手在房内来回踱步，一双鹰一般的眼睛四下窥视。矮胖子慢条斯理地走到客厅中央的圆桌前，俯身朝摆满一桌子的菜肴瞧了一眼，会意地浮出一丝冷笑。接着他大模大样地坐在靠墙的沙发上，从黑色公文包里取出一张不大的纸片，示威性地放在沙发前面的玻璃板茶几上。

母女两人一直目不转睛地注意来人的动静。她们无法揣测来者的意图，然而从来人盛气凌人的举止、说话的腔调以及那种像蛇般的冷冷目光里，她们隐隐地感到不安。孟薇还是头一次经历这样的场面，在她的生活里，只有在小说和电影里，才见过类似的描写和镜头。可是她做梦也不会想到这种可怕的场面会发生在她的家里，她自己的面前。她的目光随着那个坐在沙发上的矮胖子的动作，一下子停顿在茶几上的那张纸片上。她距离茶几只有一步之遥，上面的字迹可以看得一清二楚。当目光在纸片上停留了几秒钟后，孟薇突然倒抽了口气，双手紧紧捂住喉部，惊吓得说不出话来。

她看得十分清楚，茶几上的纸片是一张搜查证，上面用毛笔写了“孟凡凯”几个字，还盖了一个猩红的印记。

屋子里的空气凝固了似的。她压抑得喘不过气来了。

矮胖子故意用肥胖的短指头把搜查证往前推了推，拖长声调说明了他们的来意：“孟凡凯里通外国，罪证确凿，已经逮捕法办。现在我们——”他看了一眼他的伙伴，加重语气说道，“我们是奉命前来搜查的，请你们两位给予协助……”

矮胖子的话音未落，孟薇按捺不住地嚷了起来：“你们是血口喷人，完全是一派胡言，我爸爸根本不会做出这样的事情……”她哽咽着，泪水模糊了眼睛，但是她不愿意在这些陌生人面前落泪，迅速转过脸抹去泪痕。

“姑娘，说话要考虑后果，法律对任何人都是铁面无私的！”矮胖子皱着眉头，阴沉着脸教训道。

“少说废话！”站在墙角的瘦高个子不耐烦地冲着孟薇嚷道：“老

实告诉你们，孟凡凯一下飞机，就被我们逮捕了。你们要是不老实，那是自讨苦吃……”他向坐在沙发的同伴递了个眼色，矮胖子会意地站了起来。

“你们要干什么？”孟薇见状厉声问道，上前挡住那个矮胖子。

就在这时，瘦高个子气冲冲地抓住孟薇的胳膊，狠狠地把她推开。

整个过程进行的时间不到几分钟，这期间孟母呆痴地站在一旁，始终没有吭声。她不是没有话可说，更不是默认别人对她丈夫的指控和诬蔑。她的嘴唇翕张，仿佛有千言万语要倾诉出来，一双颤抖得很厉害的手也在不停地抽动，似乎是想找出一件最有说服力的证据，为她的爱人洗刷不白之冤。但是，她那衰弱的心脏突然窒息了，不能支持她去说话，去做任何一件事情。她的眼前一阵发黑，一切声音和影像顿时消失得无影无踪，她觉得自己像是踩在松软的棉花上，两条沉重的腿轻飘飘悬空起来……她失去了知觉。

孟薇听见身后“哎哟”一声，猛地回头，只见母亲脸色铁青，牙关咬得紧紧的，身体摇晃得像一株被狂风拔起的枯木，缓缓地向后倾倒。她悲痛地大叫：“妈妈，妈妈，你是怎么啦？”

大约过了个把小时，或许更长一些。大门“砰”的一声关上，翻箱倒柜的声响从客厅和楼上孟教授的书房里消失了。搜查的人走了。他们到底找到了什么罪证，没有人知道。屋子里静得出奇，显出从未有过的空旷和冷寂。

孟薇突然感到一种莫名的恐惧攫住她的心。母亲人事不知地躺在床上，脸色像大理石一样苍白，孟薇紧捏着母亲那双柔软的手，母亲的手沁出一层薄薄的冷汗，脉搏忽慢忽快，变得像游丝一般微细了。她心急如焚地等待医生的到来，可是她给急救站打了三次电话，不知什么原因，急救车却一直没有影子……

她轻轻松开母亲的手，试图再催促一下急救站，这时，孟母的身体微微蠕动了一下，一双紧闭的眼睛慢慢睁开了。

“妈妈——”孟薇全身战栗着，悲喜交集地扑在母亲怀里。

孟母强打着精神，半坐半卧地倚在垫得高高的枕头上，爱怜地看着女儿，轻轻地用手揩去女儿脸颊的泪珠，但是她自己的脸上却扑簌簌地落下泪来。

“薇儿，你爸爸肯定是受了天大的冤枉。想起来实在太可怕，你爸爸一生老老实实，勤勤恳恳，怎么会落到如此下场。这样可怕的罪名加在他的头上，他怎么受得了啊……”说到这里，孟母心中一阵酸楚，她的胸口像被什么堵住，满脸憋得通红。她大口大口地喘着气，额角沁出的冷汗把灰白的鬓发也浸湿了。“这是根本不可能的，没有人比我更了解你爸爸了。我记得很清楚，他在国外的时候，许多著名的大学邀请他当教授，答应给他提供最优厚的待遇及高额的薪金，也可以把家属带去，唯一的条件是改变国籍，但是，被你爸爸严词拒绝了。他给我来信讲，他痛恨那些贪图物质享受、忘记祖国的人。他说，他的知识和才能不是属于个人的，他要无保留地贡献给祖国……”孟母用尽全身气力说着，她仿佛预感到有些话如果不及时告诉女儿也许再也没有机会讲了。

“你爸爸当年回国并不是轻而易举的。因为他的研究引起了国外的注意，所以他们千方百计阻挡他回国，后来你爸爸瞒过了当局，在几个好朋友的帮助下，冒着生命危险，偷偷地钻进一艘货轮的底舱，化装成一个船员，才逃出了他们的罗网。这些经历他并没有到处张扬，现在却有人诬告他里通外国，这又是从何说起……”孟母说到这儿，突然呼吸变得急促起来，她闭上眼睛，眼角迸出一颗晶莹的泪珠。

孟薇见状，大惊失色，使劲地摇晃母亲，大声地哭喊道：“妈妈！妈妈！”

过了片刻，孟母被女儿的哭喊声惊醒过来。她的嘴唇嗫嚅着，脸颊的肌肉不停地抽搐，她像是在残酷的死神的魔掌里挣扎，依依不舍地攥住女儿的手，用她生命的最后一星火花说出了她临终前最后几句话。

“薇儿……我的孩子……妈妈顾不上你了……可怜你……你一个人……孤苦伶仃……往后你一个人……怎么办……怎么办……”

她的话没有说完，生命的火花便在那暗淡的眼珠里跳动了一下，突然熄灭了。但她的一双忧伤的、悲哀的眼睛始终没有合上，仍旧木然地凝视着卧室的天花板。她并不愿意现在就死，她怎么舍得把年幼无知的女儿抛在这个可怕的人间，但是有什么办法，谁又能违抗死神的命令，她的手不得不松开了……

“妈妈，你……你把我一个人留在这儿，我一个人怎么生活？我不能没有你，你怎么这样狠心把我扔在这里……你快睁开眼睛看一眼你可怜的女儿，快一点睁开你的眼睛……”孟薇扑在妈妈的身上号啕大哭，但是妈妈的手冰凉冰凉。她已经永远安息了。

孟薇的哭声被窗外咆哮的风声淹没了，没有人听见，也没有人能够分担她的悲痛。她声嘶力竭地伏在母亲的尸体上恸哭，她抱着母亲僵死的头颅千百次地吻着，她贴着母亲没有知觉的耳朵拼命地叫喊。她以为这一切都不过是一个可怕的噩梦，也许一眨眼工夫，黑夜就会过去，幻境即将消失，母亲又会笑吟吟地出现在她的面前，笑声、歌声又重新充溢这间熟悉的楼房……

然而，她的头脑终于从纷乱中清醒过来，严酷的现实逼迫这个只有十六岁的少女睁开眼睛，停止无谓的哭泣，正视眼前的困境。她像突然长大了很多，开始思考过去从未动脑子想一想的许多问题。她久久地停立在窗前，任凭凛冽的寒风拂面，她觉得这样反而好受得多。她第一次感到周围的世界是这样陌生，刚刚发生的事情像多年的往事一样遥远。她从悲哀和绝望中抬起头来，饱含泪水的眼眶里迸射出成熟的、严峻的目光。她想，从现在起，她就要和可爱的少年时代诀别了，永远地诀别了。她不能指望任何人的帮助，在她面前，是刀山，是火海，全要她单枪匹马地闯过去……

几天之后，孟薇把母亲的骨灰埋葬在郊外的公墓。这天，天色阴沉得可怕，蒙蒙细雨下个不停，就像她的泪水永远流不干似的。阴风惨惨的墓地，只有一块块东倒西歪的墓碑，看不见一个人影。她跪在埋葬母亲遗骨的泥水里，哭得死去活来，几乎昏厥过去。

“孟薇，不要太难过了……”一个熟悉的声音从背后传来，接着一把雨伞把她遮住了。

孟薇吃惊地回过头，站在身后的原来是她的班主任老师。她一下扑到班主任的怀里，像见到了世界上最亲近的人。她哭得更伤心了。

“我全都知道了，孩子！”神情悲哀的女教师像母亲似的把孟薇搂在怀里，温存地抚摸她沾满雨水的头发，“你要坚强些，孟薇，人死了是哭不活的，现在最要紧的是考虑自己今后的出路。”

孟薇眼泪汪汪地望着慈母般的班主任。

出路，孟薇是思考过的，而且一直是这几天萦回脑际的问题。她一连几次到海洋大学打听爸爸的消息，可是除了一张张冷冰冰的面孔，没有人能告诉她确切的消息，甚至连孟凡凯关押在何方也无从打听。家，她从小在那里长大的温暖的家早已不复存在。那幢舒适的小楼已经贴上了封条，留给她的只有楼梯底下一间不到四平方米的黑洞洞的贮藏间，里面勉强容得下一张单人床……不过，在这人生的十字街头，这颗饱尝人间辛酸的年轻的心，还没有对生活完全绝望。眼前还有一线光明，促使她能够抑制内心的悲痛，决定要坚强地活下去。

“老师，不瞒你说，像我目前的处境，唯一的出路只能寄托在上大学。我反复考虑过，反正再过几天大学就要开学，管它分配到什么地方，我只要有个落脚的地方就行，至于将来，我现在还考虑不到那么远，过一天算一天……”孟薇止住了啜泣，鼓起勇气向班主任谈起她今后的打算。她清楚地记得，几天前，对，就是妈妈去世的头天晚上，她是从班主任嘴

里知道自己考上了大学的。

班主任转过脸去，默不作声，脸上露出极为仓皇的神色。她挽着孟薇的胳膊，心事重重地走出公墓。在她们即将分手时，这位心地善良的女教师终于开口问道：“孟薇，你在本市还有什么亲戚吗？”

孟薇疑惑不解地瞅了瞅忧心忡忡的班主任，机械地摇了摇头。

“外地呢？”

“没有，一个也没有。我原来有个姨妈，前年也去世了，是得癌症死的。”孟薇答道。

班主任叹了口气：“我马上要离开此地。”她悲哀地告诉孟薇，“这个学校我也待不下去了，在许多问题上我跟他们的看法有分歧，他们看我不顺眼，我也看不惯他们那一套。算了，不说这些了。到哪儿都一样，只是我担心你……”班主任说到这里，喉咙梗塞，眼圈也红了，似乎有难言的苦衷。

“老师——”孟薇心里一阵发热，她激动地握着班主任的手，眼泪扑簌簌地掉了下来。

“我很快就要走了，到很远很远的地方去，以后我们很难有机会见面了。”班主任爱抚地用手梳理着孟薇鬓角的一缕柔发，深情地说，“孟薇，你是个聪明懂事的孩子，在这个时候，廉价的安慰是多余的，不过我还是有几句话要和你讲。”她强抑住内心的悲痛，暗示地提醒她的学生，“生活的道路是坎坷不平的，尤其是对你来说，今后可能还会遇到许多不顺心的事情，我希望你坚强起来，任何时候都不要灰心失望，不要丧失生活的勇气。记住，好孩子，你一定要记住我的话……”

她再也无法讲下去了。孟薇依恋地目送着班主任老师，直到老师的背影在她的视线里消失。她分明看见，班主任扭头离开时，抑制不住地掏出手帕掩面哭泣了。班主任的心里似乎有难以诉说的苦衷，但究竟是什么呢？她始终猜不透。

生活很快把答案告诉了这个天真幼稚的女孩子。不久，高等学校的录取通知书都寄给了那些幸福的同学们，唯独孟薇似乎被人们遗忘了。她哪里知道，她的名字已经被那饱蘸浓墨的黑笔从新生名册里轻轻地抹掉了，不知是谁还在旁边加了一行小注："该生各门功课成绩优秀，因其父在押，据调查为里通外国的危险分子，经上级指示，撤销该生录取大学资格。但口头上不得将上述情况通知本人。"这份权威性的结论连同孟薇的试卷，据说完好地保存在她本人的档案袋里，只是若干年后由于某种原因不幸烧毁了，使人们无法核查。

几个月后，当T城和外省的许多大学开始办理一年一度的新生入学手续时，孟薇的邻居发现这个女孩子失踪了；不久，孟凡凯所在的东南海洋大学财务处发现她很久没有来领取生活费。这个消息曾经引起一场骚动，不过过了一段时间，人们寻找她的热情逐渐冷淡下来，就像一块投进池塘的石子，溅起一片涟漪，不久又恢复了平静。

没有人知道她的行踪，也没有人去留心打听她的消息，她像一粒平凡的尘埃从地球上消失了，也从不多的人们的记忆里消失了。

过了几年，在一个落日黄昏的码头上，有个衣衫褴褛的女孩子畏畏缩缩地走到售票窗口，买了一张轮渡的船票。她在一只磨损得很厉害的破书包内掏了很久，找出了刚好够买一张船票的几枚硬币，那大概是她的全部财产了。她在穿过很长的摇摇晃晃的跳板时，随手把那只旧书包扔进了跳板下面的大海里，不过当时乘船的人并不多，没有人注意这个有点反常的动作。

轮渡是定时往返T城和一水之隔的一个渔港的，中间要经过水深流急的一道宽阔海湾。当小船载着百十个旅客突突地破浪前进时，谁也没有留心那个女孩子的举止。她起初在底层的舱房盘桓了一会儿，接着又爬上舷梯来到上面一层客舱，有人仿佛见到她停在船舷向渐渐远去的T城凝望了很久，直到那一片沿着海岸延展的树木和楼房溶化在浓郁的暮霭中，她才恋恋不舍地离开了……

不一会儿，轮渡靠岸，旅客们蜂拥而出，但是那个女孩子始终没有露面。只是第二天黎明，船上的清洁工打扫舱房时，在船尾的甲板上发现了一只沾满泥浆的女式旧布鞋。那个清洁工看了一会儿，便弯下腰，厌恶地用手拾起鞋，顺手扔进了黎明前的大海。

“呸！”他冲着泛起一个很小的水圈的海面掸了掸手……

四

时间，在充满欢快的笑声中，飞瀑流泉般地逝去了……

一轮洁白无瑕的明月，在絮状的白云间穿行。轻柔的海风徐徐吹来，轻轻拂动孟薇的裙子和披在脖子上的纱巾。她双手抱膝，一动不动，安详地坐在月光岩上，溶溶的银辉笼罩着她那苗条婀娜的身躯，仿佛是一尊古希腊名家雕塑的大理石像，面对着夜色宁静的大海出神。

在她脚下，动荡不安的浪涛跳跃着千朵万朵雪白的浪花，节奏分明的波浪像歌声，像一曲绵长的旋律轻轻拨动她的心弦。她神思恍惚，在静谧的海空中遨游、消失，以至不复存在。但是她的灵魂却在战栗，一阵轻微的、痛苦的战栗，伴随着一股深沉的哀愁。

她很久没有这样的感觉了。三年漫长的岁月，她在月光岛上可以说过得十分愉快、幸福、无忧无虑。虽然她时常感到困惑，以为自己做了一场无休止的梦，但这毕竟是刹那间的感觉。梅生像兄长似的对她无微不至的体贴、照料，海狼老爹和渔民们的真诚相待，使她心灵的创伤渐渐愈合了。也像许多对生活并不奢望、易于满足的人一样，对过去不幸遭遇的记忆开始淡薄了。她深沉地爱上了月光岛，爱上了岛上的新生活。

每当落日黄昏，她常常陪伴梅生攀上月光岩，用灯光驱散黑暗和死亡；实验室里，她协助梅生进行征服死亡的实验，整理论文，复核实验数据，在这方面他们的配合默契，使实验的速度大大加快了。当然，作为一个女性，孟薇的出现使梅生的生活发生了根本改观，她把自己细腻、深沉的感情倾注在料理日常家务的琐事中……

他和她，内心深处都在培植爱情，但谁也没有表露出来。他们默默地期待着，不声不响地期待爱情的种子的萌蘖。他们只盼望这样恬静、和谐的生活永远继续下去，谁也不离开谁，永远在一个桌上吃饭，一同攀登月光岩，一起肩并肩地眺望大海中壮丽辉煌的落日……谁也不来打扰他们。

他们想得多么天真啊！

这一天，海狼老爹出海归来，给梅生捎来一封信，梅生看着看着，眉头皱了起来。

“谁来的信？”孟薇双手泡在洗衣盆里，问道。

梅生把信递给她忧心忡忡地说：“局里决定取消月光岛的灯塔，因为这条航线来往船只不多，没有必要设专人看守灯塔……”

孟薇轻轻地“啊”了一声，用围裙擦擦手，接过来信，浏览了一遍。

他们的心突然沉重起来。

按说，局里的来信合乎情理，在某种程度上是令人高兴的。信中除了通知梅生做好移交工作的准备，还对他今后的工作做了妥善的安排，也许是为了纠正多年对梅生安排的不当，航运局为他争取了一个难得的机会，允许他参加出国留学生考试，而且告诉他，出国考试一个星期后在T城的东南海洋大学举行，他必须提前报到，办理各种手续。

事情来得太突然了，梅生一时没有主意。“我不去了，让他们另外给我找个别的工作，大学、科研单位都行……”他靠着墙，双臂抱在胸前，嘟哝着说。

“你说了些什么呀？”孟薇把洗好的衣服晾在屋外的绳子上，用责备的眼光回头瞥了他一眼。

“我……”梅生低头不语了，他的脚在地板上毫无目的地踢着。

“多难得的机会，争取都争取不到，怎么可以放弃呢？”孟薇说道。

“可是你——”梅生抬起眼睛瞅了一眼站在门旁的心爱的姑娘，心情矛盾极了。

“你不用为我担心。”孟薇释然一笑，宽慰他说，“海狼老爹前些日子说，他们渔村想办个夜校，给渔民上课，学习文化，问我乐意不乐意当教员。你如果能考上，我就搬到渔村那边去，我想这个工作我总是可以胜任的。”她故意说得很轻松，但是梅生看得出来，她内心的痛苦并不亚于自己。

“不，我不能把你一个人孤零零地扔在月光岛上。要走，我们一起走！”梅生突然涨红着脸，鼓起勇气把憋在心里多年的话说了出来，“我早就考虑过了，我们回家乡去，家乡熟人朋友多，找工作并不困难。那里山清水秀，风景优美，我们每天骑着自行车一块儿上班，回到家一块儿进行我们的实验……”他沉湎在自己的幻想中，眸子里闪动着幸福的光芒。

孟薇闭上眼睛，脸上泛起少女的红晕。她的心怦怦直跳，一种从未有过的幸福感像电流迅速传遍她的全身。也许这就是爱情的魅力吧，她不知道。她希望梅生张开双臂，把她搂在怀里，这时候哪怕是死在他的拥抱里，她也是心甘情愿的。

梅生仍在滔滔不绝地描绘他对未来的憧憬，不曾理会姑娘的心情，他见孟薇没有吱声，不由得问：“你说呢，孟薇？”

孟薇羞涩地瞥他一眼，脸红得更厉害了。

“不，无论如何不能这样想。”沉吟片刻，孟薇若有所思地说道，“我完全理解你的心思，你这样考虑都是为了我。”她低着头，手挠着辫梢，深情地说：“不过这是我无论如何也不能接受的，你不能为我做出这样大的牺牲。你的事业刚开始，路还长着哩。你的研究成果是属于全人类的，拯救千千万万不幸夭折的人是你的神圣职责，你怎么能够不想想这些，为了儿女情长而贻误自己的远大前程呢……”孟薇说到这里，又怕梅生误解了她的意思，便亲昵地靠在他的肩头，低声耳语道：“梅生哥，你放心走吧，我等你，等你一辈子……”

梅生的眼睛湿润了，他无法反驳孟薇句句在理的话，他感激地把孟薇搂在怀里，第一次吻了她。“薇，你太好了。”他喃喃地说。

离别的日期终于来了。临走这天，海狼老爹一大早就领着他的老伴来了。远远的他就高声喊道：“孟薇，我给你找了个伴儿，你就不会闷得发慌了。”

海狼老爹的老伴五十出头，硬朗的身子骨，乌黑的发髻，看上去像是四十来岁的样子。她一见孟薇便亲昵地拉着她纤巧的小手，上下打量，对海狼老爹说：“哎哟，这闺女长得多俊，比电视里的美人还漂亮哩！”

孟薇羞得满脸绯红，忙用别的话岔开了。这时，梅生听见屋外的热闹声，从房内迎了出来。

“我们要是有这么个闺女该多好……”海狼老爹的老伴仍然絮絮叨叨地说。

“亏你想得出来！”海狼老爹啐了老伴一口。

孟薇把海狼老爹老夫妻俩的对话全都听到耳朵里了，她心里一动，想起一个念头，便对海狼老爹的老伴说：“要是老妈妈看得起我，就收下我这个干女儿吧。”

话音未落，海狼老爹的老伴喜出望外地拍着膝盖，冲着海狼老爹用拳头在他背上“报复”了几下。“怎么样，死老头子？”她兴高采烈地说。

海狼老爹捋着胡须，哈哈大笑起来：“瞧你美的，还有个干女婿哩！”说罢，他拉着梅生的手，似乎是问：“对吧，噢？”

孟薇被老人说得不好意思起来，扭头跑进了房间。梅生心花怒放地望着未婚妻的背影，当着海狼老爹夫妻俩的面，宣布了他俩的决定：他考试回来就和孟薇在月光岛上举行婚礼，他们郑重地请海狼老爹作为长辈主持婚礼，还邀请全岛的渔夫和他们的家人来欢度这个喜庆的良辰。

“好，好极了！”海狼老爹满脸堆笑，额上沟壑似的皱纹完全舒展开了。

虽然离别的时间是短暂的，至多半个月考试就会结束，但接踵而来的将是旷日持久的分离，也许三年、五年，甚至更长。想到这些，孟薇的心像针戳似的一阵阵紧缩、疼痛。她有点悲观地预感，她担心自己脆弱的神经受不住这样漫长的煎熬，她甚至怀疑自己虚弱的身体能否坚持这样茫茫无期的等待……

梅生提着一只皮箱，踏上渔轮的甲板。海狼老爹拉响了沉闷的汽笛。孟薇的心像是被呜咽的笛声撕碎了，她拼命地咬着嘴唇，抑住内心的悲痛，但是当渔轮加大马力，在船尾掀起旋转翻腾的浪花时，她突然产生了一种莫名其妙的孤独感，那泪汪汪的眼睛望着船上的梅生，仿佛渔轮狠心地把她的心上人抢走似的，忍不住掩面痛哭起来。

梅生的心也碎了。他第一次领悟到生离死别的痛苦。他扶着船舷的铁栏杆，隐隐听见孟薇的啜泣声。他后悔自己不该轻率地离开月光岛，更不该离开心爱的姑娘。他泪水盈眶，一面不住挥手，一面高声喊道：“薇——我很快就会回来的……”

孟薇哭得更伤心了……

从此，她失了魂似的，每天傍晚都独自跑到月光岩上，呆痴地坐在悬崖边上，默默凝视大海；有时候背靠着孤零零的灯塔，望着月亮和星星出神；她等待着，焦急地等待着，望穿了双眼……

渔轮当天下午三点多钟靠了T城码头。梅生和渔夫们一起在码头附近的一家饭馆里用了一顿便餐。他们约定，十天以后，梅生仍在这儿和他们碰头，搭船返回月光岛。如果有事，可以委托海狼老爹在化工仓库工作的表弟代为转递信函。海狼老爹随即把表弟的地址告诉了梅生。

看见时间不早，梅生急忙叫了一辆出租汽车，当他从海狼老爹的手里接过皮箱，和船上的渔夫一个个握手告别，海狼老爹意味深长地嘱咐道："别忘了，快点回来！"

"噢，我们还等着吃喜酒哩！"不知是谁补充了一句，接着大伙儿嘻嘻哈哈地笑了起来。

梅生却没有心思和他们开玩笑。他的耳畔一直萦回着孟薇嘤嘤的啜泣声，这声音使他肝肠欲断，他朦胧地感到自己也许犯了一个不可饶恕的错误，从离开月光岛的一刻起，他就这样考虑。然而当他坐上出租汽车，直奔东南海洋大学时，他的思想又开始被即将到来的考试占据了。离开月光岛愈远，他对于出国留学的愿望就愈强烈，现在任何人也无法扑灭他要独占鳌头的欲念了……

出国留学生办事处设在海洋大学主楼的三楼，梅生爬上旋转的楼梯，匆匆推开沉重的木门，时钟刚刚敲了五点，离下班只有一个小时了。

几个工作人员正在埋头收拾桌上乱七八糟的登记表格。一个卷发的满脸雀斑的中年妇女，没完没了地抱着话筒和看不见的对方谈论昨晚的一场什么电影。梅生忐忑不安地把毕业证书和通知单递给那个女人，她不耐烦地白了梅生一眼，继续对着话筒又说又笑，足足过了五分钟，才把脸转过来。

"你怎么这么晚才来报到？"她瞥了一眼梅生的通知单和毕业文凭，颇为不满地质问。

"对不起，我离这儿很远，交通很不方便，是刚刚赶到的……"梅生连忙解释。

“再晚半个小时，就要取消你的资格了！”她扭动肥胖的身躯仍然怒气冲冲地说，接着又怒气冲冲地把梅生的证件掷在桌上。幸好她挑不出更多的毛病，待她发作完毕，她拉开抽屉，扔给梅生一张登记表。“填吧，每一项都要填清楚，我们还要核实调查的！”她用肥胖的短指头敲着桌面，那种盛气凌人的口气，使人立刻想起警察训斥犯人。

梅生没有计较这些，他靠着办公桌的一角，掏出了钢笔。登记表列举的项目通常是可以想象的。它是铁面无私的严厉法官，使每个人在它面前无从隐瞒任何秘密、任何隐私。这上面的每一项都有极其丰富、寓意深长的潜台词。千万不要小看这张薄薄的、面目清秀的白纸，它是考核的依据，晋升的凭证，一个人的命运，甚至整个家族的荣枯盛衰何尝不操纵在它的手里？它像影子一样忠诚，时时刻刻伴随着你，无论你走到天涯海角，它总是形影不离……不过梅生丝毫没有这样的感受，他的经历和家族实在不能再简单了。他迅速越过许多对他来说是空白的栏目，唰唰地写着，当他的笔下出现有配偶否，姓名、年龄、工作单位、家庭成员的栏目时，他手中的笔不由得停住了。

他几乎不假思索，立即填上了“孟薇”这个亲切的名字。他把自己内心全部的爱熔铸在这个神圣的表格内，庄严地把他生活的秘密向社会第一次公开。他特别注明他们不久就要举行婚礼，仿佛他不是在填写登记表，而是向人们发送结婚请柬。他接着郑重地告诉这位公正无私的法官，他的岳父就是在押的孟凡凯。他认为科学家的良心不容许他有丝毫的不诚实，他坦荡地写上了他们的关系，并且把从孟薇那儿听来的情况，简要地做了说明。

他像是完成了一篇学术论文，从头至尾浏览一遍，改正了几个字，自己觉得满意了，这才递给坐在对面、已经很不耐烦的那个女人。

“我们还要核实调查的！”她扫了一眼登记表，像是不放心地又一次提醒梅生。

“没有事了吧？”梅生准备走了。

“等一等！”那个女人发现什么似的，突然把梅生叫住，“你的通信地址为什么不填？”她指着登记表，气汹汹地问道。

“我现在还没有找到住宿的地方……”

“那不行，这么多人，有事情上哪儿找你们？”

大概是这个胖女人的嗓门实在使人受不了，坐在另一张办公桌的一个年轻姑娘同情地转过身来，给梅生出了个主意。“你填上你家的地址也可以嘛！”她说。

“对了，我在本市还有个临时通讯处。”梅生突然想起海狼老爹的表弟，便把这个地址填在登记表上，让他们有事从那儿转给他。

十天，旋风似的消失得无影无踪了，眼看到了和海狼老爹约定的时间，但是梅生的归期却因故推迟了。

梅生提交的学术报告是关于生命复原素的论文，这项重大的科研成果在学术界引起前所未有的震动，也受到当地不少大人物的注目。一夜之间，这个名不见经传的大学生突然成为T城上空一颗灿烂的明星。许多大学和研究所纷纷邀请他做学术报告，电台、电视台的记者把他包围住了。他还莫名其妙地接到当地要人的宴请，毫不例外，每一次他都听到人们在席间拐弯抹角地向他打听：“生命复原素能不能延长寿命？”他们用令人感动的献身精神向这位初露头角的年轻科学家表示，他们如何支持科学事业，为了发展科学，他们愿意用自己的宝贵身体，还有他们家族的宝贵身体无偿地供他实验……

几天后的一个傍晚，梅生如释重负地摆脱了新闻记者的追逐，独自溜出了旅馆。他决定让绷紧的、兴奋的神经松弛松弛。

灯火辉煌的大街，像一条繁忙的灯光的河流。他随着拥挤的人流信步来到全城最繁华的闹市，在一个个摆满五光十色商品的橱窗前徜徉。蓦地，他的目光被橱窗里面一件件式样新颖的女式服装吸引住了。他的心头像触电似的一动。“该死！”他自言自语地咒骂着自己，向一家百货公司走去。

他这才想起他和孟薇的婚礼。十几天来他压根儿把这件事忘到脑后去了。他没有采办一件结婚用品，没有给孟薇买一件结婚礼物，甚至连封短短的信也没有写。他懊悔至极，简直无法原谅自己。

他走进一家装饰着五颜六色霓虹灯的百货公司。这里商品多，顾客也多。梅生像一尾鱼在人流中游动，当他在橱柜包围的空间转了一圈，最后在一排专售服装的柜台前站住时，他已经挤得满头大汗了。

他像长颈鹿似的伸长脖子在货架上搜索他的“猎物”，被各种颜色、质地和式样的女式服装弄得眼花缭乱，他的商品知识实在太贫乏。他左顾右盼，想找位售货员参谋参谋，给孟薇挑选几套合适的衣服。这时，离他不远的一个顾客和女售货员搭讪的对话，钻入他的耳膜。

“孟老，你买点什么？”这是女售货员的声音。

“啊，您还在这儿工作。”说话人的声音不高，咬字有些含混不清。他像自言自语地说：“这儿都是女式服装，我要这些有什么用……”他说得很慢，话语中包含着无限的伤感。“这会儿女式服装花样真不少，可惜我的孩子……”说到这儿，他突然打住了。

那个女售货员一阵唏嘘。过了一会儿，听见她小声问对方：“你女儿还没有音信吗？”

对方没有立即回答，沉吟片刻，喃喃地答道：“这么久了，怕是没有什么指望了……”

“您甭着急……”女售货员正想要安慰他几句，几个顾客拥上来指这要那，她便忙着应付了。

女售货员和顾客的对话，在嘈杂喧闹的大厅内断断续续传入梅生的耳际，他起初没有在意，甚至可以说没有任何反应，而且他的前后左右是出出进进的男人和女人，使他无法看清那个顾客的模样。可是当女售货员走到他的对面，这一番对话仿佛重新回响在他的耳畔，他这时脑子一亮，像是把每句话都仔细加以推敲，揣测它们的含意似的，这样一想，他的情绪突然变得亢奋起来。

“那个人是谁？他的女儿怎么啦？”他问女售货员。

女售货员一愣，疑惑地瞅着面前的这个顾客，她见梅生并无恶意，便叹了口气，说道：“嘿，甭提了，他还是个有名的科学家哩！前几年不知道捅了什么纰漏，关进了监狱，前几天才放出来。回来也是白搭，老伴早死了，一个独生闺女也失踪了……”

“他姓什么？”梅生的心脏差不多快要蹦出喉咙口，急促地问道。

“姓孟呀！”她答道。

梅生这时再也顾不上细问了，他来不及和女售货员道谢，扭头向大门冲去，他发狂似的推开挤在前面的顾客，杀出一条狭窄的通道，一面高声喊道：“等一等，孟教授，等一等！”

百货公司里的顾客不知道发生了什么事，惊讶地东张西望，面面相觑，那个女售货员更是目瞪口呆，吓得一夜失眠，她还以为自己一言不慎，又给孟教授带来了麻烦哩。

事态的进展如同惊险小说一样离奇、巧合，令人难以置信。

这天晚上，孟教授室内的灯光彻夜未息，不时传来一阵爆发性的笑声。梅生和他的老师，不，应该说是他未来的岳父孟凡凯畅谈了整整一个通宵。他们彼此有多少话要相互倾诉啊！三包“大前门”抽完了，重沏了两遍茶，他们俩为这次意外重逢兴奋到了极点，这一老一少像孩子一样，一会儿哭，一会儿笑。当孟凡凯教授听说梅生用生命复原素救活了自己的独生女儿，他老泪纵横，紧紧拥抱着未来的女婿，不知道用什么言语才能表达他的喜悦……

“老师，我一直疑惑不解，孟薇也时常挂记这件事，他们凭什么给你安上里通外国的罪名？”梅生把这几年的研究进展向坐在对面的孟教授做了详细汇报后，问道。

孟教授回答得也很巧妙，他把半截烟头捏灭，嘴角浮出一丝嘲弄的微笑，道出了一番石破天惊的妙语来。

“我研究了一辈子自然科学，我自信多少还懂得一点科学研究的方法论，这就是详细地、大量地占有第一手资料，确凿无疑的实验数据，然后从中推导出令人信服的科学结论。我想，不仅是我，几乎每个从事科学研究的人毫无例外都要遵循这个原则。这是铁的原则。”他习惯地摸了一下满头银发，深邃的目光一直射到梅生的心底，继续说道，“但是我发现我错了，这条原则在另一种场合是不合用的，至少在法律上或者我们生活的某些角落，人们却遵循另外一条相反的原则。他们首先制造骇人听闻的结论，然后再根据这个结论去行使他们至高无上的权力，当然他们也要为自己的立论寻找大量的证据，不过他们是要让你自己的嘴去编造符合他们口味的材料，在你写的文章、书信、日记甚至早已被你忘却的谈话中，他们像高明的考古学家，可以从中发掘各种印证这个结论的材料，于是这个结论就‘铁证如山’了……”

孟教授告诉梅生，他在巴黎参加国际海洋学术会议，那是七年前的事了。一次会议休息，孟教授沿着宽敞的回廊散步，他低头徘徊，忽然瞥见离他不远的地方有个年轻的外国人，那人东张西望，脸上露出惊慌不安的表情。孟教授好奇地迎上去，用英语和他对话，对方苦恼地摇摇头，嘴里叽里呱啦地说个不停，显然他不懂英语。孟教授便改用法语和他谈话，这个外国人仍然连连摆头，双手不停地比画，像是有什么非常紧急的事情。孟教授见对方焦虑不安的神情，心里暗暗着急。他四下张望附近有没有译员，但此刻代表们都纷纷离开，回廊一带只剩下他和这个穿着打扮都顶奇怪的外国人。孟教授百般无奈，只得硬着头皮搜肠刮肚，把他懂得的五种语言轮番试了试，对方仍然像哑巴似的，一筹莫展。正在这种极为尴尬的情况下，这个外国人忽然冒出几句世界语来。孟教授年轻时自学过几年世界语，长久不用大半忘光了。他听出这个外国人懂得世界语，便用笨拙的世界语和他谈了起来。原来闹了半天，这个其貌不扬的年轻人是某国王子，他和几个保镖第一次到巴黎闲逛，走迷了路，大概是昨天晚上的宴会使他肚子不适，他此刻为找不到厕所急得团团转……热心肠的孟教授听罢付之一笑，便领着这位王子穿过回廊到王子需要的地方去。他哪里想到，他就这样把自己送进了监狱。

“那他们为什么又把你放出来了呢？”梅生问道。

“你大概最近没有看报纸吧，”孟教授苦笑地答道，“这位小王子前不久伴同他的父亲来我国访问。他对那天在巴黎闹的笑话大概印象太深，所以对我这个中国人还有点印象。他一下飞机就和接待他的外事部门指名要见他的中国好朋友，他当然不会想到，为了他，我蹲了七年监狱，家破人亡……”

屋子里沉默下来。孟教授的目光停留在墙上的一张全家合影的大幅照片上，那是他们十年前国庆节的留念，他和他的夫人并肩坐着，在他们中间是笑容满面的孟薇，她笑得那样天真，那样开心，像一朵盛开的紫罗兰。

孟教授的眼睛湿润了……

尾声

海上起了雾，白茫茫的浓烟般的弥天大雾……

太阳隐没了，海鸥蜷缩在礁石的缝隙和荒凉的沙滩上，不住地战栗。

一艘游艇在大雾弥漫的海上穿行，它走走停停，忽快忽慢，唯恐碰上了隐没在浓雾中的暗礁和可怕的漩涡。艇首上梅生和孟教授一站一坐，目不转睛地注视着前方，虽然无情的大雾挡住了视线，使他们看不清百米以外的景物，但他们的眼睛仍然睁得大大的，不能再大了。

游艇向月光岛驶去。在这个时刻，他们俩都保持沉默，沉浸在人生最幸福的激流中。生离死别给心灵带来的创伤和痛苦，屈辱和悲愤在心里郁结的积怨，这时都随着激荡的海浪一去不复返了。他们俩一个想到久别重逢、死而复生的爱女，一个想着生死与共、情长谊深的情人，这两种不同的爱，把这两代人的生命联结一起，他们不约而同地想象即将来到的欢乐场面，在他们的眼前，大雾似乎消失了，生活的阳光，明媚的灿烂无比的阳光，在他们身上和心头洒满了。

月光岛的轮廓终于影影绰绰能看见了，灯塔、月光岩、树木……在乳白色的浓雾中若隐若现，似远似近。梅生兴奋地立在船头上，一面向孟教授指指点点，一面指挥艇尾的水手向什么地方靠岸。

游艇掉转了船头，开足马力向海湾驶去，经过那幢石头房子下面的岩岸，向岸边几株亭亭玉立的棕榈树靠去。

在这一瞬间，梅生向孟教授递了一个惊讶、困惑、夹杂着某种不安的眼色。就在游艇驶过石屋的一刹那间，梅生发现临海的那扇窗户紧紧地关上了，而且当他们跳上岸时，没有任何人来迎接他们，海狼老爹，他的老伴，还有他们的孟薇，一个人也没有。月光岛在大雾中沉默着，木然地凝视着这两个踏上海岛的不速之客。他们的目力所及，是一片令人恐惧的冷寂、荒凉，像是踏进了洪荒时代的荒岛……

“孟薇——”

“薇儿——”

他俩不约而同惊恐地喊叫着，但是回答他们的是悠远的、悲哀的回声，从月光岩的石壁、从黑森森的丛林中连续反射过来的回音……

梅生第一个冲进房里，门半掩着，空无一人。当他从他的卧室走进隔壁孟薇的卧室——那间实验室改做的小房间，他惊呆了。

一切都恢复了原样，和三年前孟薇初来时一模一样。那间孟薇的卧室，重新布置成一间严谨的实验室，操作台的铺着雪白床单；镊子、钳子和解剖刀擦得锃亮，井然有序地躺在那只磨损很厉害的铁盘子里；培养热带蚂蟥的玻璃缸，在桌子中央静静地卧着，依然发出轻微的沙沙声；贮藏药品的柜子回到原来的位置，靠墙屹立着。梅生记忆中孟薇的卧室，她在这里度过了三个春秋的卧室，那张用木板拼成的单人床，一张临窗的小写字台，还有梅生用石块垒成的堆放杂物的石桌，像梦境似的消失了。孟薇的衣服、被褥，甚至连她的小圆镜子、梳子和漱口杯，一切的一切，都无踪无影了。好像月光岛从来没有出现过孟薇这个人一样，孟薇也从未住过这间房子，在这儿生活了三年……

梅生像被雷击似的觉得一阵晕眩，他勉强靠在门板上，半天说不出话来。

“她到哪儿去了？会不会搬到渔村去了呢？”孟教授吃惊地望着脸色苍白的梅生，轻声问道。

梅生半信半疑地点点头，默默地和孟教授走出门外。他的脑子这时像一团乱麻，几乎丧失了思维的功能。房内的变化完全出乎他的意料，他几乎不能相信这是真实存在的。他当然考虑过孟薇也许会到渔村小住些日子，和海狼老爹的老伴做伴，这并不是不可能的。但是她绝对不会把她的卧室重新改变成这副模样，也不必要把她的衣物全部带走，仿佛她是下决心不再回来似的。这一切究竟意味着什么？会不会发生什么意外呢？

满腹疑团的梅生沿着一条通向渔村的小路茫然地走着，这条横贯岛屿的小路他不知走过多少遍，但这一回他却感到如此陌生，仿佛是初次来到似的。孟教授跟在他的后面，不时气喘吁吁地歇息着，最后他突然停住了脚步。

“还没有到吗？”孟教授不安地问。

梅生心里纳闷极了，他们已经不停地走了一个小时，按说早该进了渔村，至少可以看见海岛西部十几间疏疏落落的房子了。但是脚下这条满是砂石的小道渐渐消失了，他们的双脚分明踩在松软的沙滩上，隔着浓密的大雾，梅生和孟教授几乎同时听见海浪拍岸的声音。

梅生霍地站住，惊恐地回过头来，对孟教授说：“奇怪，我们已经走过了，渔村应该在那边。”他向他们走来的方向指了指。

“没有看见什么渔村呀？”孟教授喃喃地说，他的脸色由于惊骇变得难看极了。

“会不会是雾太大……”梅生嘟哝着，但是连他自己也难以相信这样的解释。

他们像大海中迷失方向的船只，继续漫无目的地走着，可是横在眼前的除了浓密的雾障，便是难于穿行的热带丛林。渔村消失了，不留痕迹地消失了，连一块木板，一张破渔网都不剩地消失了……

“我再也走不动了，梅生，我的脚已经肿了。”孟教授一屁股坐在地上，用手揉着肿胀的脚，他的脸上大汗淋漓，显出十分痛苦的样子。

梅生神情恍惚地停住了，他同情地看了他的老师一眼，抬头向前面望去。他惊讶地发现，那座屹立在月光岩顶的灯塔，直挺挺地耸立在他的前面不到五步远的地方，他们是怎样走到这儿来的，居然攀登了四百七十级石阶，他完全记不清了。

“这究竟是怎么回事？”他心烦意乱，像是被人捉弄似的，愤怒地喊叫起来。

孟教授昂起头吃惊地望着他的学生。他蓦地从地上跃起，两眼瞪得像铜铃似的，大惊失色地指着梅生头顶的天空，怪声怪调地嚷叫道：“瞧，那是什么？”

他们同时看见了一个不曾见过的怪物在天空缓缓移动，那是一只酷似脸盆形状的怪物，周身发出刺眼的绿光和黄光，边缘有一团金红色的火焰喷出，它一面迅速旋转，一面向天顶移动，隐约还可以听见沉闷的隆隆声。

"飞碟！"孟教授头一个惊呼起来。

"飞碟？"梅生的心怦怦直跳。他睁圆眼睛注视着在天顶移动的愈来愈小的怪物，足足看了五分钟，直到它在天际完全消失……

当他恋恋不舍地收回视线，转过身来，他一下子惊讶得说不出话来。他清清楚楚地看见，刚刚还是大雾弥漫、混沌一片的月光岛，此刻万里晴空，碧海澄波，像水洗了似的清晰地展示在他的眼前，似乎有谁暗中施展了魔法。孟教授的举动更加使他惊诧不已。他发现他的老师席地而坐，手里拿着不知哪里来的两封信，此刻，他戴上眼镜，拆开其中的一封，正在聚精会神地看信哩！

这一切都令人不可思议，梅生怀疑自己的神志是不是有些错乱了。

"这是哪儿来的？"梅生蹲下来，不解地问。

孟教授似乎没有听见，他把看完的头一封信默默地递给梅生，接着又拆开第二封。

梅生的手哆哆嗦嗦地接过信，定了定神，目光在信纸上移动。他的心情紧张到了极点。

这是一张公文纸潦草书写的公函，信文不长：

梅生同志：

我们荣幸地通知你，在本届招收出国留学生的考试中，你的成绩和提交的论文均是令人满意的。不过，你的社会关系是令人遗憾的，它将会成为影响你继续深造的不可逾越的障碍。出于对你的关心，为国家选拔人才，我们再三和你所在工作单位有关部门商洽，建议你对这一问题慎重考虑，权衡利弊，如果你同意上

述看法，请迅速函告我们，时间还来得及。

此致

敬礼

留学生办公室

××年×月×日

梅生刚把信看完，那边的孟教授大叫一声，把梅生吓了一跳。只见孟教授双臂向空中挥动，嘴里不住地喊道："薇儿，我的薇儿，你不能这样，爸爸还来不及看你一眼，你就这样走了……"接着，老教授歇斯底里地仰望天空，绝望地号叫着，那种痛苦的表情简直叫人忍受不了。

"孟教授，你怎么啦？"梅生惊慌地上前抱着孟教授，唯恐他失足跌到悬崖下面。

"她走了……永远……永远不回来了……"孟教授伤感地用手捂住眼睛，声音颤抖地说道。

"谁……谁走了？"梅生感到脊背一阵发冷，他连忙从孟教授手里夺过那封信。当他的目光接触到信文第一行时，他的呼吸急促，一股热血冲上他的头顶。他克制着自己。这原来是孟薇留给他的第一封信，也是最后一封信。

亲爱的梅生哥：

我心里有好多好多话要向你说，可是来不及了，我等不到你回来的时间了。再过一个小时零五分钟，我就要永远离开月光岛，离开你们的地球，到那个遥远的星球上去了。我永远也不能和你见面，不能和你一起分担我们生活的艰苦与欢乐，想到这些，我又忍不住掉泪了。从你离开月光岛，我的心也随你飞回我的故乡，那隔海相望的T城。我一直等你，从早到晚，听着窗外的潮水哗哗地涨起，又悄悄地落下去；望着月光岩上的月儿，从东方升起，又在西方降落。就这样盼呀，等呀，等着你回到我的身旁……

这些日子，我做了许许多多很美丽的梦。月光岛上的渔夫们也和我一样，做了许许多多美丽的梦。你知道吗，这些天他们忙极了，女人们用木薯和椰子酿酒，男人们钻到海底摸海参、捉鲍鱼、找干贝，有的人还潜水去寻找美丽的珍珠……你知道他们在忙什么吗，你一定想象不出，他们是为我们的婚礼做准备，等你回来哩！

我打心底爱上了他们，月光岛上的渔夫们，你不会嫉妒吧？他们的心地多善良，多正直，简直像水晶一样纯洁。我是下决心给他们上课了，在你出国留学的日子里，我就搬到他们那里，我教他们认字，教他们唱歌，和他们一道出海打鱼……

梅生哥，我就整天这样陶醉在自己编织的梦里，自己欺骗自己，麻醉自己。我对生活并无过分的奢求，我也决不会对他人的生活有丝毫不利的地方，我天真地幻想，社会的强者对我这样的弱者该会宽宏大量，让我苟且偷生，在这个孤岛生活下去……

海狼老爹回来了，一个人孤零零地来到我这儿的。我突然产生了不祥的预感。是的，我承认，我是个感情脆弱的人，我的心已经被社会无情地蹂躏过，脆弱得经不住任何微小风浪的折磨。你没有回来已经使我大大失望，海狼老爹带回的这封信更是打碎了我的幻想，把我推入痛苦的黑暗深渊……

请不要责怪我吧，梅生哥，我绝不是神经错乱、胡思乱想，我懂得生活严酷的现实，我亲身经历过这种摧残心灵的折磨。我不是不敢为父亲辩护，也许他罪孽深重，咎由自取，应该永远沉沦地狱。虽然我始终不敢相信这点，可是他的女儿——我，怎么能承担他的罪过，永远无法摆脱这种洗刷不掉的耻辱，哪怕死过一次，也不能摆脱厄运呢?

梅生哥，严酷的现实又要降临在你的头上了，我看懂了这封来信的含意，是的，我不怪罪写信给你的人，我理解他们的心，善良的好心，他们的确是出于对你的关心。而我，你最亲爱的孟薇却不能眼看着你因为我的牵连，影响你的一生，你的事业，你的前程。不，不能，哪怕我死一千次，我也不能让你为我牺牲，付出这样大的代价。

梅生哥，其实我应该满足，当我冷静下来的时候，我这样想。我感谢你继承了父亲的事业，也感谢你用生命复原素救活了我。这令人难忘的三年，你留给我的美好回忆足以补偿我过去的辛酸。我该知足了，不能贪得无厌地获取我不该得到的幸福。在这永远诀别的时刻，我只有一个心愿，我希望你把这项科学研究继续下去，拯救千千万万不幸的男人、女人和可爱的孩子，我想，父亲身陷囹圄也会感到莫大的安慰。

梅生哥，永别了，但不要以为我会走上绝路，重蹈上次的覆辙。当然我曾经萌生过这个愚蠢的念头，我偷偷摆脱了时刻不敢离开我的老妈妈——海狼老爹的老伴，跑上了月光岩，可是，就在我纵身跳下去的时候，老妈妈从背后抱住了我，我欲生不能，欲死不能，只好悲伤地号啕大哭……

“孩子，我们都知道了！”不知什么时候，海狼老爹和许多渔夫都赶来了，他们一个个怒不可遏，眼里喷射出愤怒的火焰，对我的遭遇十分同情。海狼老爹对我说：“孟薇，我的女儿，跟我们走吧，远远地离开这儿！”

我疑虑重重地望着一个个皮肤黝黑、面容善良的渔夫，他们眼里充满信赖、同情的目光，似乎都在期待着我的回答。

“你们？到哪儿去？”我小声地问。我的心里十分惶恐，不明白海狼老爹说的是什么含意。

他们大概猜出了我的疑虑，互相望着，会意地笑了，露出雪白的牙齿。忽然，海狼老爹用一种我不懂的语言和大家说了些什么，他们互相商量了一会儿，他们说话的内容我完全不理解，但从他们严肃的表情可以判断，他们商量的是件十分重大的事情，而且和我有关。

过了片刻，大家赞同地点点头，脸上露出非常高兴的表情，有人甚至情不自禁地拍起巴掌来了。

海狼老爹走到我的身边，他又用我们习惯的语言对我说道：“我的女儿，我现在要坦率地告诉你，我们都不是地球人，我们更不是渔夫。你也许听说过，在距离地球很遥远的宇宙空间有一颗美丽无比的天狼星，那就是我们的家乡。我们是自由的天狼星人。我们三十五个天狼星人自由结成了一支考察队，我们都是对地球生活有着浓厚兴趣的科学家和大学教授。”他说罢，把站在我周围的渔夫们——不！是天狼星人，一一向我做了介绍，他们的名字都长得出奇，我简直无法记住。不过我好容易记住了老妈妈的名字，她叫契阿伯勒宫格尔斯特卡尔玛咪，是天狼星上首屈一指的地球生物艺术史的专家。

我惊讶极了。海狼老爹，不，他是著名的天狼星科学院院士，他大概看出我的疑惑，便主动向我解释，他们在地球上考察了十年，收集了极为丰富的资料，经过实地考察，他们推翻了天狼星人过去沿袭下来的对地球人的传统看法，据说那是十万年前他们的一位先哲所做的结论，那位先哲认为地球人是比天狼星人更高级、更文明、进化的程度更高的、伟大的生物群。

“我们尊重伟大的先哲，但是他的结论是我们无法接受的，”这个老院士严峻地说，“所以我们要马上回去，把我们观察的结果告诉我们的同胞，他们是非常乐于接受新思想、新见解的。”

我忘记了自己的身份，也忘记了自己的处境，不禁好奇地问：“你们认为地球人如何呢？”

“请你原谅，当着你的面讲也许是不礼貌的。”这位老人突然充满歉意地说，“在我们看来，地球人还未最终脱离动物的状态，野蛮！愚昧！自私！褊狭！虚伪！懦怯！残暴！粗野！……”他一连说了十几个最难听的字眼，我不由捂住耳朵，为我们地球人受到这样大的侮辱羞愧万分。

也许是为了摆脱这种尴尬局面，好心的老妈妈向她的丈夫使了一个眼色，责备道：“你何必当着她的面说这些！”接着她转脸，对我说，“女儿，你甭生气，他并没有指每一个地球人，这仅仅是一种哲学上的、理论上的概念而已……”

“不，好妈妈，你不必解释了，”我拉着她的手，说道，“真理一开始总是不容易被人接受的……”

他们听见我这样说，全部满意地点点头。

梅生哥，以后的事情我就不必和你细谈了，时间来不及了。我接受了他们的邀请，和他们一道飞向那个遥远的天狼星。现在大雾已经笼罩了月光岛，那是他们的飞船正在着陆，再过一刻钟，我们就要乘这艘来自天狼星的飞船永远离开地球，我们留在地球上的一切痕迹也将随着飞船的离去自动消失。

永别了，他们正在呼唤我。梅生哥，我希望你答应我最后一个请求：忘掉我，自己坚强地活下去。要记住，科学需要你献身……

啊！飞船快起飞了，我要走了……

终生爱你的薇

于月光岩上

梅生沉默了。

他手里紧紧捏着孟薇的信，长久地仰望着万里碧空。那里有一只兀鹰正展翅慢悠悠地旋转，自由地翱翔。几朵白色的云彩凝固不动，像睡着了似的。不知名的热带花朵在岩缝里怒放，随风播送阵阵幽香。海浪不知疲倦地拍打沙滩，唱着安详的催眠曲。这一切仿佛告诉他，地球从来是这样和谐、美好，似乎什么事情都没有发生过。

梅生望了神思恍惚的孟教授一眼，用手摇了摇他的胳膊。“孟教授，我们回去吧！”他口气坚决地说。

“那她……她呢？”孟教授不曾睡醒似的，嘟哝着。

“走了，她走得好！”梅生咬着嘴唇，头也不回地冲下了月光岩。

他跑得飞快，灯塔，月光岩，孟教授以及往事的回忆都远远甩在他的背后了……

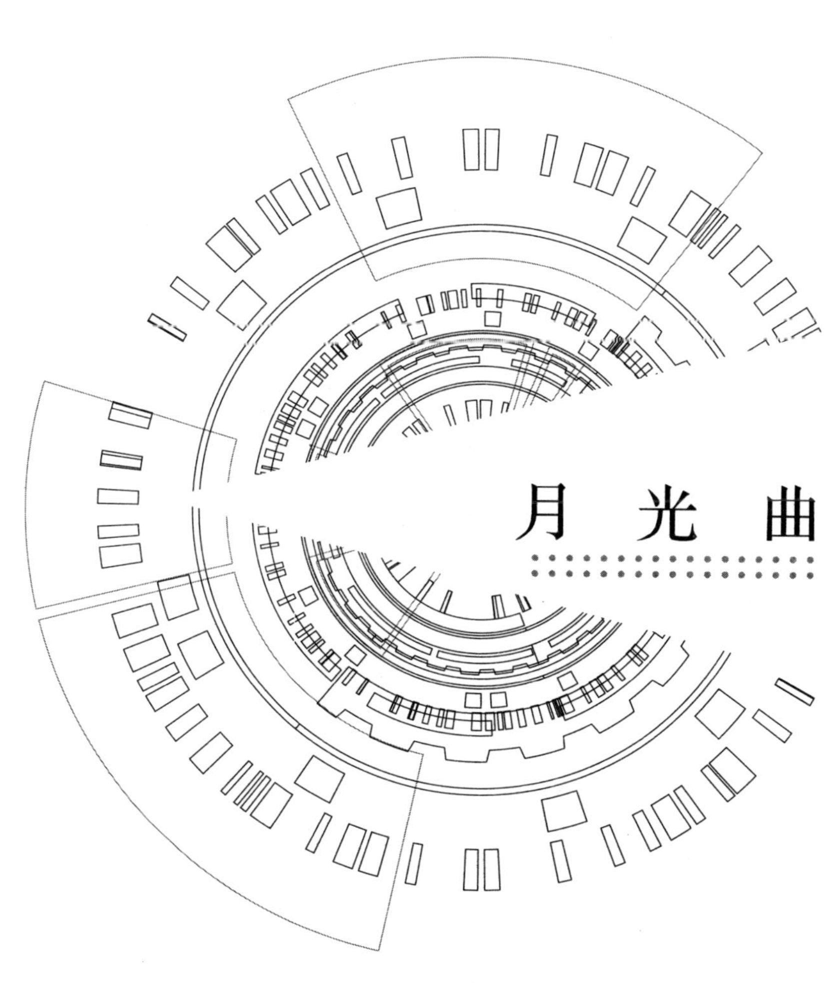

月 光 曲

一

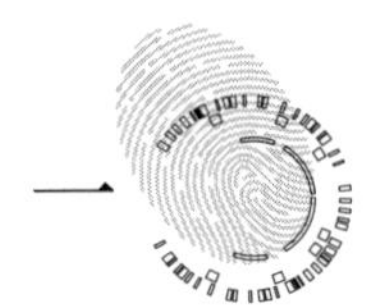

认识汤敏的人都说她是个福将，机会总是像抛出的绣球，不偏不倚刚好落在她的头上，你说怪不怪？对了，我忘了告诉你，汤敏是《华夏晚报》社会新闻部最年轻的女记者，专门报道各类突发事件。你甭看她个子长得不高，小鼻子小眼，谈不上十分漂亮，可是她那圆圆的脸蛋，永远挂在脸上的小酒窝，还有那一对笑眯眯的眼睛，给她增添了一种难以抗拒的亲和力。懂得看面相的人常说她是典型的福相，有福之人不用愁，她在任何时候都会轻轻松松地抓住报道线索，似乎好事总是在那样静静地等着她。

福将经常会遇上好心人帮助，一点儿不假。汤敏参加工作没几年，但在新闻界知名度很高，总是在记者招待会上出尽风头。不过这只是表面现象，和她特别熟的同行都知道，汤敏并非全靠运气。她是个非常敬业的女性。她不仅有新闻记者敏锐的鼻子，而且广交朋友，消息特别灵通；另外一点也是好多年轻记者做不到的，她的腿勤，不管刮风下雨，也不管深更半夜，在案发现场，你总能看到她的那辆银灰的海鸥牌采访车。很多时候，她的“海鸥”几乎是和警局的“黑乌龟”前后脚抵达现场。她走上成功之路，和许多有名的记者一样，比别人付出了更多的汗水。

好了，还是言归正传。7月23日下午5点47分，汤敏驾着她的“海鸥”在长虹大道上搁浅了。

这是一天中堵车最厉害的时刻，宽阔的四车道的马路爬满了甲虫一样焦虑的汽车，汤敏乜斜着眼睛打量着GPS定位的线路图，一看情况不妙，立刻旋转方向盘，从大河的航道钻入一条僻静的小胡同，七拐八拐，迂回前行。就在这时，她的手机接到一条短信。

汤敏像往常一样，从这条短信中捕捉到一则很有价值的新闻线索，短信只有短而又短的一行字，和几十年前的电报一模一样，全文是“环球大旅馆，登月之旅新闻发布会，5：30”。

一看表，汤敏不由得拍打着方向盘，心想坏了，赶不上趟了。其实登月之旅如今也算不上公众特别感兴趣的新闻，到月球去度假也好，旅游也好，技术上完全没有什么问题。北京怀柔和山西太原的太空基地，每周都开辟了月球航线，至少对于高收入人群，花个十几万元买张票，上一趟月球参观环形山，享受月球的宁静和由于月心引力小而蹦高的乐趣，几乎和几十年前到美国逛迪士尼、游黄石公园差不多。不过汤敏关心这个新闻发布会另有原因，她想会一会一位老朋友，她们很久没有见面了。

然而这一回，好运气没有眷顾汤敏，几乎无处不堵车的遭遇，打乱了她的全盘计划。当她好不容易看见前方不远处那一幢火柴盒似的赭色旅馆大楼时，表针指向6：10，仅仅半个小时的登月之旅新闻发布会，已经结束，人也走光了。汤敏失望地推开车门，习惯地甩了甩头上的长发，她都感觉出头发上有不少汗水了。

她从旁边一个保安那里得知这一切，打算返回驾驶座，去找个地方解决晚饭，她觉得有补充营养的需要了。无意间，汤敏瞥见停车场拉起了黄色的警戒线，一辆米黄色的沃尔沃型改装校车停在那儿，有几名警员将一些男孩女孩护送上车，校车的车厢上漆着几个绿色的大字：明天保育院。看来是这所保育院接送孩子的校车。凭着职业的敏锐，汤敏急忙将相机的镜头对准那辆校车，迅速按动连拍的快门。校车，车上的标记，鱼贯上车的孩子，神色严峻的警察，驾驶室里那个紧锁眉头的老司机，还有两个似乎是保育院老师的女子……一一被摄入镜头。

一阵闪光灯噼噼啪啪的光亮，立刻招来警察的警觉。一个人高马大的警官气呼呼地大步走来，嘴里喝问："什么人？不许拍照！"

不料汤敏不但不听，反而对准走来的警官，给他来了几个特写镜头。

汤敏靠着一棵大树的树干，整个儿身子躲在阴影里。

那位气急败坏的警官火冒三丈，一面伸手遮脸，一面腾出右臂，直冲汤敏手中的那台尼康相机。

岂料等他一到跟前，发现停在路边的"海鸥"，警官停下脚步，反而主动嘿嘿一笑。

"我说是谁呀，是你……汤大记者，有日子没见了……"

"大警官，有什么消息透露透露，要不，咱们喝杯茶去。"

"谢谢您哪，没那个福气，我也实打实告诉你，无可奉告。我们已通知新闻界，今天发生的这一宗离奇的案件，暂时不准发消息。人命关天，这可不是闹着玩的……"

马强警官是刚刚晋升的分局刑警队支队长，28岁，警官大学的高才生，曾对几起多年难以结案的疑难大案的侦破起了决定性作用。汤敏对他做过专访，多次打过交道，一来二去，彼此成了很说得来的朋友。

马强也很关照汤敏，只要不违反办案纪律，总是尽可能地向她提供新闻线索。马强很敬重这位女记者，一个年轻的还没成家的女孩，成天在犯罪和事故现场跑跑颠颠，真不容易。

不过，今天马强的态度可是有点反常，他一口回绝了汤敏的提问，对她的一再追问也不大耐烦。

"我可是提醒你了，千万别报道……"

"奇了怪，你可什么也没有说。人命关天的案子多了，你得说出个理由，凭什么不能报道？"

"我也不知道，实话对你说吧，这是局长下的死命令，据说这是上面的意思。"他伸出的右胳膊指向渐渐暗下来的头顶上空。

“有这么严重？到底这儿发生了什么事？怎么会有保育院的校车？还有这么些小孩子？”

马强听见旅馆门前有人喊他，也不理会汤敏的一连串追问，一边后退着往回走，一边抱歉地向汤敏招手道别：“拜托了，先别报道，太复杂，一泡尿惹出了一宗惊天大案，有什么进展我忘不了第一个通知你……”

他转身跑了过去。

“一泡尿惹出了一宗惊天大案？”汤敏愣住了，一时半会儿没有反应过来。这是什么意思，马强说出这番没头没脑的话究竟要告诉她什么信息？

在她的印象中，马强不是一个喜欢开玩笑的人，他也不会随便地说些不着边际的话，可是今天特别怪，从他嘴巴里蹦出这么一句粗话，真是不可思议。

聪明的汤敏反复咀嚼着，也品不出其中的奥妙。在她眼前，那辆黄色的校车开走了，马强他们也开着乌龟壳一样的黑色警车飞快地离去。一切的痕迹在初升的夜色中隐去，唯有旅馆大门装饰的彩灯不知疲倦地闪烁，映照着过往行人匆匆的身影。

二

汤敏心里喜滋滋的，像往常捕捉到重大新闻线索一样，她忘记了疲劳，肚子也不饿了，全身仿佛注射了一针兴奋剂，顿时精神焕发，两眼闪光。她没有迟疑，加大油门，尾随着那辆黄色的沃尔沃型改装校车追了过去。她看见校车离开拥堵的市区，拐上了立交桥，驶向通往市郊的7号公

路，这条路车子少多了，黄色校车加快了速度。

她哼起了日本电影《追捕》中为杜丘谱写的曲子，那可不是适合女孩子吟唱的曲子，可她偏偏喜欢。

明天保育院是一幢青砖的小楼，三层，围墙上面爬满密密的爬山虎。院子面积不大，安排得井井有条。里面有几棵很高大的核桃树和枣树，秋天都会有不小的收获。一块长方形的游艺场，放置了滑梯、跷跷板和秋千，还有铺着洁白沙子的沙坑。在鹅卵石小径两边的草地上，点缀着小动物造型的陶瓷雕像。

高墙后面，一墙之隔，却是一个在旷野上孤零零的花岗岩残丘，山坡上，岩石间，有人工营造的树林，很有些年月了。山脚下，延伸着环状的层层果园，种着些桃树、枣树、柿子树。一条曲曲弯弯的石砌山道，穿过林子，通向山顶的一幢虎皮石筑成的小楼。小楼的外形怪怪的，圆柱体，像个大烟囱，面积并不小，底层有一个很狭窄的石拱门，没有窗户，最上层却是穹顶状的钢玻璃，是那种可自动打开的推窗。明白人一看就知道，这是一座小巧的天文台，站在小楼上，不论朝哪个方向眺望，视野都很开阔。

这座山岗上的小小天文台和保育院那幢小楼，原先是连为一体的。它们的主人是当地一位有点名气的天文学家，专门研究月球的，写过几本关于月球的小册子。他痴迷月亮，待在小楼顶上，用一台天文望远镜跟踪那遥远的星球，是他唯一的爱好。

他死后，他的遗孀把小巧天文台和老头子的藏书统统捐给了本市天文爱好者俱乐部。这个很出色的俱乐部，是老头子当年一手创办的。

按照天文学家的遗愿，这幢三层小楼除了自家居住一部分，大部分捐给红十字会，建成一所保育院，专门收养孤儿们。据说这位天文学家本人就是一个失去父母的孤儿。他的遗孀是一位非常热心公益事业的老教师，退休后一直兼任保育院的名誉院长。

老太太是三年前去世的，如今由她的独生女刘丽霞接任保育院的院长。

汤敏紧赶慢赶，来到明天保育院门前。当她跨出车门，看到迎面那两扇镂花的漆成黑色的金属大门关得严严的，两边毗连的屹立的高墙挡住了她的视线。

天黑了，一轮很大的月亮升了起来，恰好贴在那山丘上的天文台的穹顶，仿佛是圆圆的穹顶上面装饰的一颗耀眼的夜明珠，壮观极了，无意间造就了一幅怪诞而奇诡无比的剪影。迷蒙的昏黄的月光倾泻而下，给那幢小楼罩上了神秘的氛围。院落树影幢幢，模糊不清，看不见人影。汤敏的目光透过镂花的金属门向院内窥望，耳畔传来稚嫩的忽隐忽现的童声，还不时有孩子们的笑声。小楼的窗子亮着明晃晃的灯光，似乎与往常没有两样。

在小楼背后的高墙外边，那炮弹形的天文台衬托着一轮异于平日的大月亮，好似舞台上的布景，窥视着这里的一切。

大门左边，贴着围墙，一排铁皮瓦的灰色平房是车库。大门右边，沿着马路，有几间两层的楼房，临街的门面开了几家店铺。

她的视线转向前面不远的铁门左边，那辆黄色的沃尔沃型改装校车正在倒车。

车库敞开门，亮着灯，那辆校车正在缓缓地倒退，一个穿着油污工作服的年轻人挥手指挥。校车的司机约莫50岁，显得很苍老，黧黑的脸膛罩着一层乌云。

汤敏待校车进了车库，老司机从驾驶座推门而出时，立刻迎上前去。

她没有料到，当她和老司机俩人四目相对的瞬间，那个脸色不悦的老司机脸上的表情一下子变了，他脱掉手上的白手套，又惊又喜朝她伸出手来。与此同时，汤敏也喜不自禁小跑几步，激动地喊道：“罗叔叔！”

原来，老司机是汤敏的闺中密友罗小莉的父亲，他叫罗天成。汤敏和

罗小莉是从小学到高中的“发小”，汤敏刚才打算出席的那个登月之旅新闻发布会，她希望会见的老朋友就是罗小莉。

罗小莉的工作单位在航天公司太空基地，具体说来她是飞往月球的太空飞船的空姐，一名老资格的乘务长。这些年，她们只是在手机里发个短信留个视频，在一块儿吃冰激凌说悄悄话的欢乐时光，已经好遥远好遥远了。

汤敏没有见到罗小莉，却没有料到在这里遇上罗小莉的老爸，这也是有福之人的福气。她上一次上罗小莉家，至少也是三年前的事，时间过得飞快啊。

前面不远处有一家小饭馆，很干净，也安静，罗天成是这儿的常客。他们便在靠窗户的一隅找了座位。罗天成点了几个菜，给汤敏要了一杯饮料。他随身带了一个大玻璃瓶，里面泡了茶，让服务员续满了水。俩人边吃边谈。

罗天成见到汤敏，心里好生高兴，仿佛见到了亲闺女。他中年丧妻，唯一的独生女远在天边，一年见不了两三次，也很孤独。

“你好久也没来过我家了，你和小莉也很久没有见面了吧？”

“可不是嘛，自从小莉到了航天公司太空基地，我们就没有机会见面了，只能偶尔发个短信，来个电话。她的工作那么特殊，又特别忙。我们都很羡慕她，谁能像她那样经常上月球？我们做梦都做不到，太了不起了！”

“啥了不起呀！我就打心眼里不同意她干这一行，干什么不行呀？非要上太空船当空姐，一年有半年在月亮上待着，多危险呀！往返飞行一次，体力消耗特别大，休息一个多月都缓不过来，失重，时差效应，骨骼钙流失，失眠，可不是闹着玩的……”

汤敏打量着罗天成，发现他比起几年前苍老多了。他的头发本来就不多，如今全都灰白，更显出一副老态。他也是个命运多舛的人，年轻时家里很有钱，父亲是山西某地商会会长，在阳泉、大同和榆次一带，没有人不知道罗老板的大名，他家的煤矿产量占山西产煤量小一半，那真是财大气粗。不料，罗天成大学毕业，新婚不久，一场可怕的矿难发生了，天文数字的巨额赔偿使他父亲彻底破产，结果跳楼自杀。那时罗天成是个桥梁工程师，几年以后，他也倒霉了，由于发生了桥梁坍塌的恶性事故，他也受到牵连。万幸的是，他不是主要责任人，没有坐牢，免于追究，法院判决他终生不得干桥梁建筑这一行了。不到两年，他的妻子患上绝症……

背地里，也有刻薄的人说，他是个走到哪儿就把晦气带到哪儿的“倒霉蛋”。

不过，也许是经历太多生活的磨难，罗天成倒是习以为常，乐天知命了。他成天嘻嘻哈哈，倒也看不出他有什么抱怨。这天见到汤敏，心里特别高兴，面对宝贝女儿的闺密，他的话匣子一打开就关不住了。

汤敏心里火烧火燎，很想快点儿扭转话题。趁着罗天成拧开玻璃瓶喝茶的空当，她赶紧巧妙地将话题岔开了。

“我记得您以前在一家建筑公司开大卡车，那种载重卡车的车轮比我个子还高，我和小莉特别羡慕您开那么大的车子，真神气。您什么时候到这个保育院了？”

罗天成一时走了神，因为在一瞬间，透过饭馆的玻璃窗，他的目光无意中被一轮大月亮抓住了。好大好明亮，真好看。他想起女儿的笑容，亲切的声音，许多甜蜜的往事。

过了一会儿，他回过神来，冲着汤敏抱歉地笑了笑。

“嘿，你说的那家建筑公司，后来倒闭了，散伙了，老板也消失了，几百名工人拿了点安置费，也只能各奔前程。”

提起这些不愉快的往事，罗天成从胸中长长地挤出一口闷气。

“后来还是小莉托人帮忙，给我在保育院谋了个开校车的活儿。嘿，这才上班刚满一年，没想到出大事了。”

汤敏的神经顿时兴奋起来，但她立刻控制住自己的激动，装作漫不经心的样子，手里拿着的饮料洒了出来，被她用餐巾纸掩饰过去。

其实，他，一个开车的司机，知道的情况很有限。

三

罗天成脾气好，少言寡语，手脚勤快。在这个保育院里，他是个受人欢迎的角色。

他的正式职务是校车司机，可是明天保育院收养的尽是些没爹没娘或者是被父母遗弃的孤儿，因此没有每天接送的任务。除了偶尔带孩子们去公园玩玩，有时也去参观动物园，那也是很有限的，一个月或几个月有那么一回吧。

罗天成开的这辆米黄色的沃尔沃型改装校车，实际上是多用途的。食堂购物用得最多，买个粮食蔬菜水果什么的，有时还得运输园子里的花木和修理的桌椅板凳，杂七杂八的事儿，都是罗天成名下的活儿。

除此以外，食堂里缺人手，拾掇花园缺少工人，连孩子们的卧室打扫卫生，只要有人大嗓门一喊：“罗师傅——”你准保瞅见他弯着腰，颠颠儿地快跑过来。小小的保育院，没几个大人，一个萝卜得管几个坑。

这天中午，趁着孩子们午睡，院长刘丽霞临时召集了几个人在她的小巧而整洁的办公室里开会。

刘丽霞是留过学的博士，专门研究智障儿童的启蒙教育和低幼儿童心理学。她是个很有风度的女子，瘦高挑的身材，齐肩的秀发，有一双和善而睿智的眼睛。她穿着很朴素，非常爱干净，乍一见面，你会以为她是个穿白大褂的医生。

她说话细声细气，没一句废话，几分钟就把事情交代清楚了。

“明天没有雾霾了，气温回暖，中央公园的樱花也开放了。”她站在没有上漆的本色办公桌后面说，“这些日子，孩子们憋坏了，可恨的雾霾，所以明后两天，分批带孩子们去中央公园。”

“明天，大班10人，特别班3人，由刘老师、孙老师负责；后天，小班14人，由张老师和我负责。”

说罢，她转向食堂的柳阿姨：“10点出发，带上一顿中饭。”

她的目光移向站在房门外面低着头的罗天成：“罗师傅，车子要仔细检查，千万保障安全，这个由你负责。”

罗天成点点头，“噢噢”地应声答道。送孩子们去玩，他不敢大意。那辆沃尔沃原是慈善团体赠送的旧车，有些年头了，当天，罗天成把那辆校车里里外外检查了一遍，又把车厢打扫得干干净净，座位上的罩布也洗净烘干，真可谓焕然一新。当带队的刘老师、孙老师领着孩子们上车时，不由得惊喜地叫了起来：“哎呀，真漂亮！头一回这么干净！”听见她们的赞赏，罗天成干瘪的脸颊也有了笑意。

总算没有白费工夫，送孩子上中央公园，这辆校车表现很好，一路上没有出半点毛病。马达的噪声也小多了，刹车也很灵。

天气也是顺遂人意，久违的蓝天像是洗了个澡一样亮丽清爽，连日的阴霾雾霭似乎是遥远的往事。人是健忘的，昨天的不快转瞬换成今天的笑脸。在中央公园绿茵的草地，在八重樱绽开的红云下面，在桃花盛开的山坡，罗天成听到此起彼伏的阵阵笑声。

把孩子们送到中央公园，罗天成就没什么事了。只是特别班的3个孩子是盲童，罗天成扶着他们下了车，帮着2个年轻的女老师，护送着盲童走过车多人多的马路。3个盲童，2个男孩，1个女孩，他们和大班的孩子年龄差不多，都是六七岁的样子，手牵着手，小心翼翼地迈着步子，唯一的区别是他们戴着小小的遮阳镜，戴一顶红色的帽子（大班的孩子戴黄帽子）。温暖的阳光，清新的空气，也同样唤起孩子们的无限喜悦，他们的小脸蛋像鲜花一样绽开了天真的笑容。

孩子们全都在一棵大榕树底下集合，那一柄巨无霸的大伞下面，铺了几块大塑料布，孩子们快活地打滚嬉戏。罗天成抬起手里的手机，对年轻的女老师说："有什么事，呼我。"然后他回到停车场，钻进了校车。

他把座椅的靠背放下，半躺着闭目养神。头天晚上忙着准备，没有睡几个钟头，趁着这会儿补个觉吧。可是说什么他也睡不着，眼前又晃动着小莉的面容。人真是老了，老是牵肠挂肚，放心不下。其实，女儿大了，何必瞎操心。

前天，小莉抽空回了一趟家，父女俩还下馆子吃了一顿川菜：辣子鸡丁、炸丸子、水煮鱼，当然还少不了龙抄手和赖汤圆两样成都小吃。罗天成虽是地道的"老西儿"，可小莉的妈妈是四川人，小莉自小是跟姥姥长大的。小莉长得也像妈妈，继承了她的遗传基因，一点儿也不像爸爸，以至于常常有人觉得奇怪："你是老罗的亲生女儿？"

小莉打小时候起就是有名的小美人，颀长的身材，双眼皮，瓜子脸，高挺的鼻梁，细嫩的皮肤，双目炯炯有神，天生的一副典雅的气质。当初太空船招收空姐，她被招收单位一眼看中，不是没有原因的。何况，她还是外语学院的高才生。

小莉问起父亲的身体，又问了问保育院的情况，又告诉父亲，她过几天就要返回月球基地，再见面，恐怕是两三个月以后了。

"你不是有一个月的假期吗？你姥姥今年九十大寿，眼巴巴地盼着你回去，这可是老人家最大的心愿……"

"没有办法，人手不够，有个姐妹生孩子了，必须返回……"一谈到工作，小莉总是没有多话。

罗天成识趣地闭上嘴，把碗里的汤圆让给了女儿，她最喜欢甜食。月球再好，也吃不上家乡的美食吧。

罗天成胡思乱想着，也就迷迷瞪瞪睡着了。等他听见手机传出《二泉映月》的优美旋律，接起电话顿时听见刘老师的声音，原来他们已经从中央公园出来了。

罗天成推开驾驶室的车门，打算去接应，只见孩子们很有秩序地排成队，鱼贯地穿过马路的斑马线，有几名值勤的民警在一旁照应，他们陆续上了车。

罗天成一看表，下午3点40分，于是等她们清点人数，各就各位，不只是刘老师还是孙老师喊了一声："到齐了，走吧！"校车就像一匹憋足劲儿的小马驹，欢快地驶出停车场，奔向车水马龙的马路了。

一路上也没有什么话，只听见像麻雀一样叽叽喳喳的声音，那是孩子们兴奋的表白，也是最有趣的天真的对话。罗天成的双眼盯着拥挤的车流，耳朵却捕捉着车厢里的欢声笑语，他几乎没有表情的脸膛也漾出少有的笑容。

一过下午4点，堵车越来越严重，几乎无法掌控时间了。按照院长的安排，6点以前一定要返回保育院，赶上吃晚饭，可是罗天成发现，在几个交通最拥堵的十字路口，他们等红绿灯花了比平时多一倍的时间。他无奈地拍了拍方向盘，盯着挡在前面一辆辆一动不动的汽车，心里不由得烦躁起来。

像乌龟爬行一样，好不容易钻出了最拥堵的四环路，罗天成松了口气，因为保育院位于五环路外、六环以内，如果路况顺畅，40分钟到"家"是不成问题的。在等红绿灯时，他拿起大玻璃杯，摇了摇，又放下了。杯子里已经没有茶水了。

这当儿，坐在副驾驶座上的小孙老师探身对罗天成说："罗师傅，你看看附近有没有公厕？"

罗天成听见她的话不禁一愣，等他回过神，才发现车厢里乱成一锅粥。

孩子们七嘴八舌地叫着嚷着："老师，我要撒尿！""老师，我也要撒尿！"

他们争相举手，抢着说。

还有的孩子索性从座位上站起来："报告，老师，我憋不住了……"

集体的无意识行动是很可怕的，虽然这些小家伙并不一定都有排泄的需要，可是只要有一个人挑头，经过一番生而知之、无须传授的起哄，立刻形成巨大的无法抵挡的风暴。

两位年轻的女教师招架不住，课本上的幼儿教育法也没有告诉标准答案。

起初，刘老师好言好语地劝孩子们忍一会儿，可是哄骗的法子无济于事，你越是劝，他们越来劲。

罗天成看见，两个女教师涨红着脸，额头沁出了汗水。校车一过红绿灯，他就像猎狗一样，两眼四处巡逡。天哪，两旁都是一家挨一家的商店，再不就是封闭的绿化带，哪里有公厕呢？忽地，他的眼睛一亮，差一点高兴得叫了起来。右前方不远，有一幢如同火柴盒的赭色的旅馆大楼，"环球大旅馆"的霓虹灯闪耀着彩虹般的光芒。罗天成心中一阵狂喜，即便是大名鼎鼎的北京饭店，他也要闯进去，"小皇帝""小公主"们要撒尿，能不让进去？虽然他心里也明白，校车上载的都是些可怜兮兮的没爹没妈没人疼的孤儿。

罗天成把校车停在辅道边上，赶紧开启车门，让两个女教师领着孩子们朝灯火通明的旅馆大门而去。此刻，他必须守着车子，否则交警会过来给他敬个礼，那就惨了——不仅要刨掉半个月工资，还得扣下驾驶证，他的饭碗就砸了。

接下来发生的事，他知道的不多了。因为他一直待在车子上，也没有熄火，随时准备应付交警的盘查。

两个女教师领着一帮孩子进了旅馆的大堂，向一位值班的大堂经理说明来由。那是一位漂亮的通情达理的女人，她立刻告诉两个女教师，厕所在电梯间的两侧，一边是男，一边是女。大堂经理招呼一个男实习生，让他过来引导。

这时发生了一点不大不小的意外，当孩子们一进入宫殿般的旅馆大堂，他们就像板儿随着刘姥姥进了大观园，立马张着嘴，东张西望，一声也不吭了。他们的表情像是中了邪，目瞪口呆，困惑而惊惧的目光移向头顶上光华四射的水晶吊灯，移向墙上金灿夺目的大壁画，还有的孩子吃惊地望着从身边走过的珠光宝气的女人和潇洒的男士，那高傲的神气和偶尔投来的厌恶的目光，使孩子们感到有点害怕。有几个胆子大的男孩女孩簇拥在大堂一侧的超大屏幕前，那里放映的是美国早期的踢踏舞和印第安人的草裙舞，屏幕上的演员和真人一样大小。那震撼的音乐和激昂的节奏使孩子着了迷，他们情不自禁地扭动起来，手脚乱动，有的好奇地伸出小手，企图与屏幕上的表演者握握手。眼前的一切好像童话中的仙境，孩子们兴奋、激动，小脑瓜有点晕眩。

这也难怪，在他们苍白的人生经历表上，打降生的那一刻起，他们就被亲人抛弃了。上帝是何等地偏心眼啊！有的人是含着金勺子降生的，享有人间的富贵与温情，而他们，从没有吃过母亲一口奶，没有在妈妈的怀里啼哭过、撒过娇，也不知道妈妈的体温。他们从小就是孤独的，寂寞的，笼罩着冬天的寒冷。他们从来没有见过花花世界的繁华。他们虽然能够温饱，然而他们从不知道自己的生日，也没有人会想起给他们买新衣新裤子新鞋。他们穿的，除了好心人赠送的旧衣，多数是哥哥姐姐穿了又穿、洗了又洗、补了又补的衣衫……此刻的他们，走进了皇宫一般富丽堂皇的大殿，他们把什么都忘记了。几乎所有的孩子，除了其中3个盲童，全都忘了要上厕所撒尿，他们撒欢地东奔西跑，脚下光可鉴人的大理石地面，也使他们兴趣盎然，被他们当成了滑梯。

那戴着小小的遮阳镜和红色帽子的3个盲童，并没有受到丝毫影响，只是有点纳闷：那些小伙伴干吗这样兴奋？他们仍然手牵着手，乖乖地站

着。领着他们的小孙老师向比她大两岁的小刘老师打了个招呼，说我带他们先进去，然后拽着领头的一个男孩的手，朝前面的厕所走去。

那里是大堂的半封闭的电梯间，左右各3部自动电梯，穿过电梯间后面的大理石柱子，左右各开一门，即是男女厕所。地面光滑，小孙老师把3个盲童带入女厕，照顾他们如厕，又给他们一个个洗了手，然后领着他们来到电梯间旁的大理石柱子。她让盲童们靠墙站成一排，嘱咐他们站着别动，然后返回女厕。她也要方便方便。

事情的经过前后不过五六分钟，顶多也超不过10分钟。如果时间可以定格的话，在这样很短时间内，究竟发生了什么呢？

首先，小孙老师的手机响了，她在厕所里接到刘丽霞院长的电话，刘院长问现在到了哪儿，她实话实说，刘院长很惊讶，后来听她一番解释，这才放了心，并一再嘱咐注意安全。

与此同时，6部电梯几乎同时启动。原来，18层会议厅举行的一个新闻发布会散会，原先停驶的3部电梯也加入运行。这是饭店总调度室下达的指令。通常，为了保养，在客人不多时，只开3部电梯。于是散会的客人纷纷来到一层大堂，但也有一部分客人直达地下一层，那里是地下车库。

于是，大堂里的人骤然多了，甚至连一层的厕所也顿时人满为患。不过，仅仅是十几分钟，人们像海边的潮水突然涌来又骤然消失了。

小刘老师在此期间把10名孩子好不容易领进了男厕所，她站在门口，挡住了如厕的客人。那个实习生帮她照应，总算解决了大问题。当她和小孙老师汇合时，大堂又很快恢复了平静。

不料，小刘老师正欲催促小孙时，发现小孙神色异常，两眼四下里张望，一副急得要哭的样子。

“怎么啦？丢什么啦？”她拉着小孙的袖管，不安地问。

站在一旁的大堂经理，手里握着报话机正在焦急地呼喊。“对，3个盲童，2个男孩，1个女孩，特征是戴遮阳镜，戴一顶红色的帽子，六七岁……"

小刘老师顿时傻了，她四下张望，大堂里没有那3个孩子的踪影。

原来，当小孙老师出了厕所，来到电梯间，发现孩子们不见了。

会不会进了电梯呢？按说盲童胆儿小，尤其在陌生地方，他们不会也不敢乱跑。不过小孙老师不放心，问了一个个电梯间的操作员，答复是同样的：没有见到小孩子进电梯。

情急无奈，小孙老师跑去找大堂经理。于是旅馆的全体值班服务员都接到通知，各层开始了地毯式排查。

然而，3个盲童像是瞬间蒸发了。

经过一番紧张的搜查，没有发现孩子们的踪迹，旅馆的大堂经理也沉不住气了，建议她们赶快报警。

慌了神的两个女教师，立即把罗天成找来。仨人一合计，3个盲童的神秘失踪，非同小可，谁也担不起这个责任。他们立即向刘院长汇报，刘院长得知情况严重，同意他们的建议，马上报警。

当她们把10个孩子安顿在校车上，马强他们分局的警车闪着红灯，呼啸着疾驰而来。

一泡尿惹出的惊天大案，由此拉开神秘的大幕。

四

生活在黑暗中的3个少不更事的孩子，失去视力倒也像在他们面前拉上了厚厚的窗帘，看不见光明世界的种种好事和丑恶了。然而，听力代替了视力，成为他们窥探人间的唯一窗口，比起常人，他们的耳朵特别灵

敏，几乎和猎犬不相上下。

他们乖巧地靠在冰凉的大理石墙根，手拉着手，静静的，像是教堂里的小天使雕塑，然而他们的耳朵却在不停地捕捉细微的信息。在等候小孙老师时，他们的脸色突然不安起来，像是林中的一群小鸟叽叽喳喳地小声议论。前方不远响起了电梯启动的轰鸣和杂沓的脚步声，嘈杂、喧哗，夹杂着肆无忌惮的谈笑，他们条件反射地紧紧地靠拢身子，手拉得更紧。他们感到害怕，因为那声音使他们想起马路上来来往往的汽车，想起可能的危险。

时间过得好慢好慢，孙老师怎么还不来呢？

就在电梯上下的声音渐渐远去，电梯间那边恢复平静的瞬间，3个孩子几乎同时发觉有人走近他们，陌生的气味，陌生的脚步声，没等反应过来，他们就被拦腰抱住，双脚离开地面，挽着的手被拉开了。

他们很吃惊，还没有反应过来是怎么一回事，只听见耳边一阵风，不一会儿，他们似乎进了一辆神秘的面包车，听见车轮飞快地奔驰的沙沙声。他们几乎没有反抗，也没有喊一声，因为他们都迷迷瞪瞪地睡着了。

这一觉太漫长了。时间的河流好像停滞了，冰封了。

五

3名盲童的失踪被市警察局列为特别重大的案件，局长在案件通气会上声色俱厉地要求限期破案，但是过了整整一个星期，马强却没有发现多少有价值的线索，那3名盲童似乎从地球上蒸发了。

马强这些天可没有闲着，他把所有涉案的人，包括送孩子们去中央公园的罗天成、小孙和小刘老师，以及保育院刘院长和食堂的柳阿姨都仔细地传讯了一遍，有的人还叫到分局谈了不止一次。可是从他们嘴里几乎没有挖出多少有价值的线索。

不过，马强也不是毫无收获，在他看来，根据他和所有涉案人的接触，综合他们的背景，大体上可以肯定，这不是一起有计划有预谋的拐卖幼童案。得出这个结论也很重要，至少避免了把破案的方向指向通常的犯罪活动。

“根据历来发生的拐卖幼童案例，几乎没有出现过拐卖盲童或者其他残疾儿童的，道理很简单，那些希望通过非法途径买个孩子的，不会要残疾儿童，更不用说失明的盲童，因为他们连生活都不能自理。他们要的是身体健健康康的孩子，而且特别重要的一点，拐卖的孩子多是婴幼儿，他们对父母家庭没有多少记忆，这也是普遍的潜规则。但是这3个盲童的年龄最小的5岁，最大的快7岁了。”马强的这个判断，在警局的案情分析会上得到大家一致的赞同。

马强又补充道：“这个案件也排除了绑架儿童进行敲诈勒索或者报复仇人的可能性，因为这些孩子都是孤儿，绑架他们，企图勒索巨额赎金，几乎是毫无意义的。”

这种解释也不无道理。可是，这3个盲童的失踪，究竟是怎么一回事？是谁策划了这个案子，想达到什么目的？这些关键问题依然没有一点儿头绪。这是案情分析会上许多人皱紧眉头一再提出的疑问。

马强也无言可对。下一步该从哪里着手，事件的真相到底如何，似乎仍然没有一点线索。案件进展到这一步，似乎走进了死胡同。马强苦思冥想也理不出头绪。

局长见大家也提不出好办法，在最后发言时说：“我看问题出在情况不明，调查还很不深入。任何案件看似寻常的，其实都有复杂的背景，必须对所有当事人千丝万缕的关系进行深挖，才能探明真相。不能满足于空洞的推理，必须掌握大量细节，用事实证明你的判断。”

他手里攥着几支铅笔，一板一眼地瞅着马强说：“给你3天时间，马强，给我挖出真家伙。”

散了会，天也黑下来了。马强在回家的路上边走边想局长的一番话，一不留神，险些和辅道上开来的一辆小汽车碰上了。

“哎，你走路小心点！”小汽车的女司机从车窗伸出头来责问道。

马强一惊，回过神来，再定睛一瞧，不由得喜出望外。原来是老熟人汤敏。

马强一见汤敏，十分高兴，便主动邀请她一块儿聊聊。

汤敏见他脱去了那身黑不溜秋的警服，穿了件褐色的夹克衫，加上天色已晚，昏黄的路灯下，一时倒认不出了。

汤敏也很爽快，让马强上车，然后七拐八拐，把他带到一处陌生的咖啡馆，那里灯光柔和，人不多，很安静。

“这是哪儿呀？”马强环顾四周，觉得似曾相识又一时想不起来。

汤敏不禁“扑哧”一笑。她问站在楼梯旁的女服务员：“楼上有座儿吗？”那个长得清秀的女孩含笑地点点头，用手示意请他们上楼。

登上螺旋状的梯子，进到楼上，马强发现这里的房顶是穹顶状的玻璃窗，窗外是漆黑的天空，看得见疏朗的星星。他们坐下后，汤敏告诉他，这个咖啡馆是新开张的，原先是市天文爱好者俱乐部，因为城里大气污染，根本无法进行天文观测，他们把活动地点转移到郊外的天文台了。这座房子空着也可惜，就把底层和颇有特色的顶层出租了，开了一家咖啡馆。二楼还保留了一个大房间，作为市天文爱好者俱乐部活动的场地。汤敏也是听新闻界的同行相告，才知道这家颇有特色的咖啡馆，尤其是月明之夜，顶层的座位需要提前预订，一边赏月，一边品尝咖啡，可是极有诗情画意的享受。

听汤敏一番介绍，马强恍然大悟，这座小楼与保育院仅一墙之隔，怪不得刚才觉得眼熟呢。

也许是这些日子睡眠不足，灯光下马强的脸色发灰，十分憔悴。他们寒暄几句，话题便很快转移到保育院的案子。或许，他们彼此都希望从对方获得新的信息。

这一次，马强主动向汤敏谈了调查的进展和当前遇到的困惑，他把警局的案情分析会上他的判断简要地重复了一遍，特别强调了排除了拐卖幼童案的可能性。

“正是基于这个判断，我们没有向新闻界公布案情，目的也在于不要把问题复杂化了。”

马强最后这番话，也是有意暗示汤敏他们一直不让新闻界报道的初衷。

汤敏听他说罢，沉默片刻，将杯中的咖啡抿了一口，打开随身携带的便携式电脑，轻按键盘，说：“你们的做法我不想过多评说，实际上在互联网时代，你们想封锁消息是徒劳的。这些日子，在网络上对这3名盲童的失踪有不少的报道。不知道你注意到没有，仅仅是我所掌握的信息，比起你刚才所谈，那可是有价值多了……”

听她这样一说，马强精神一振，他把座椅挪了挪，凑过来盯着电脑的显示屏，那上面出现了保育院树木扶疏的院落，一条曲曲弯弯的石子小径，一群在草地上嬉戏的孩子。镜头似乎是从楼上俯视的，先远后近，逐渐聚焦在一个女孩身上，她是盲童中唯一的女孩，长得非常漂亮，不是一般的漂亮，白皙的肤色，粉红的脸，有两个小酒窝，如果不注意她戴着墨镜的眼睛，她和芭比娃娃几乎没有区别。

电脑显示屏上转换出带有一行行文字的视频，内容如下：

发生在明天保育院的盲童失踪案，有知情人透露，这是蓄谋已久的。因为最近几个星期，有一个神秘的人士频繁地访问保育院，这是过去从未有过的事。他对其中一个名叫李星儿的女孩特别关心，李星儿是盲童中唯一的女孩，今年7岁……

“就是这个孩子。”汤敏指着显示屏上面女孩的特写镜头说。

“神秘人士？有什么详细资料吗？”职业习惯使马强的神经顿时兴奋起来。

显示屏上出现了一个宽肩厚背很壮实的男人背影，他身着很普通的灰白色休闲服，底下是蓝色牛仔裤，脚上是棕色耐克软底跑鞋，当他转过身来，可以看见他憨厚的微笑，他有一双明亮又有点忧伤的眼睛，脸颊瘦削，络腮胡，但气色很健康，有一股坚毅的气质。

汤敏在电脑中锁定了这个神秘人物，迅速在网上搜索有关他的信息。不多一会儿，显示屏跳出了以下简短的文字介绍：谭云甫，太空医学专家，眼科博士，一个月前回国短期讲学。

脸色苍白的刘丽霞站在楼上办公室的窗前，从掀开一角的窗帘向外探望，她默默注视着谭云甫的身影已经有些时间了。

在院子的草坪上，孩子们正在玩着老鹰捉小鸡的游戏。脸色红润的小孙老师扮演凶恶的老鹰，刘阿姨理所当然扮演鸡妈妈的角色，她宽大的裙子周围是一群叽叽喳喳的“小鸡”们，他们拽着裙子随着“鸡妈妈”东躲西藏。

那几个盲童围坐在谭云甫身边，没有加入老鹰捉小鸡的游戏。在一片嬉笑声中，谭云甫深情地抱着李星儿，席地而坐。另外的两个男孩簇拥着他，一个趴在他的腿上，另一个从背后搂着他的腰。他开心地笑着，孩子们似乎对他很熟了，一点儿也没有生疏之感。

这些，站在楼上窥望的刘丽霞看在眼里，心里涌起甜酸苦辣的复杂感情。她尤其无法忍受谭云甫抱着李星儿那样高兴的样子。

“谭叔叔，老鹰是什么呀，它干吗抓小鸡呀？”依偎在谭云甫怀里的李星儿仰起脸问道。

“老鹰是在天上飞的大鸟，很凶很坏的。它在天上飞呀飞，看见地上的小鸡，它就猛地扑过来，用它尖利的爪子抓住可怜的小鸡，然后把它吃掉……”谭云甫绘声绘色地说。

“哎呀，那可怎么办？”孩子们接过话茬。

“所以呀，看见老鹰飞过来，老母鸡带着小鸡们赶快跑呀，赶紧找个地方躲起来。你们说说，该躲在哪儿才安全？”谭云甫问。

“躲进山洞里。”趴在他腿上的男孩子抢着说。

“躲到大石头底下……”从背后搂着他的腰的男孩说。

“你说呢？”谭云甫问李星儿。

“我……我钻进被子里，把头包起来……”她胆怯地说。

谭云甫忍不住地哈哈大笑，他情不自禁地在天真可爱的李星儿的脸蛋上吻了一下，赞扬地说：“你们说的都对，这时候要赶快躲起来，不能让可恶的老鹰发现……”

在他们不远的草坪上，“老鹰”和“小鸡”们正在紧张地追逐。

刘丽霞忍无可忍，把罗天成叫来。

“你怎么看大门的？！不是早有规定，闲杂人等一律不准进来吗？”

气喘吁吁的罗天成是一路小跑过来的，听见她的斥责，竟一时语塞了。他是第一次看见刘丽霞大发雷霆，脸色煞白，说话的声调也变了。这可是从来没有过的。

刘丽霞大概意识到自己失态，连忙转过脸，咬着嘴唇，用缓和的口气说：“麻烦你，让那个人赶快走吧，不要影响我们这儿……”

“院长，谭医生是上周来给孩子们体检的，他说他有事要找你，他说给你打过电话。”罗天成说。

“告诉他，我不想再见他……”刘丽霞似乎是咬着牙说出这番话的。

罗天成"唉"了一声，正退步走出办公室，不料谭云甫不知从哪里冒出来，与罗天成擦身而过，冲进了刘丽霞的办公室，质问道："你干吗这样！连见都不愿见我？"

房门重重地关上了。

罗天成在门外站了一会儿，听不见房间里俩人说话的声音，但是却能感觉到他们发生了激烈的争吵，可是究竟是吵什么，为什么而吵，却听不清楚。隐隐约约听见谭云甫说什么"那就来不及了"，还说什么"到时候你别后悔"之类的话。

他不敢在门外逗留太久，唯恐被刘院长发现，便匆匆忙忙地下楼了。没多久，谭云甫也气冲冲地走出来了，脸色很不好。他在离开之前又跑到三个盲童那儿，亲了亲每个孩子，特别是拥抱李星儿的时候，他的眼里溢出了泪水。这是罗天成亲眼看见的。

在罗天成的印象里，谭医生似乎和李星儿特别有缘。

"然而，这些能说明什么呢？这个谭医生不过是给孩子们体检的医生，他和本案扯不上任何关系。"马强的目光从汤敏的电脑上移开，失望地说。

汤敏点了点头。

"你说得有道理，不过……"她欲言又止。

"不过什么？"马强问。

"你不觉得谭医生和刘院长之间并非一般的关系吗？尽管我现在还说不出所以然，但是隐隐约约总是觉得谭医生非同寻常，绝对不仅仅是给孩子们体检的医生。"

"你应该改行去做侦探，想象力太丰富了。"马强笑着说，他又补充道，"我绝对没有挖苦你的意思，你提供的情况确实非常重要，至少打开了我的思路。这些日子，我似乎钻进了一条死胡同，没有出路了。你启发了我，要另找出路，不能在死胡同徘徊不前……”

汤敏的脑子在飞快转动，一个个表情不同、性情各异的脸孔在她眼面前晃动，她关上电脑，望着马强说：“下一步，我去找个人，看一看有没有新情况……”

马强接过话茬儿：“让我猜一猜，你会去找谁？”

汤敏撇着嘴，默默地望着他。

“我想你准会去找刘丽霞，或者谭云甫，对不？”

汤敏摇了摇头，故作神秘地说：“找这两位主角儿，在你的职责范围之内，我才不去插手呢。”

她站起来，抢着付了账，边说边匆匆下楼了。

“有什么新情况，别忘了第一个告诉我。”

六

第二天傍晚，汤敏在罗天成的带领下，来到市郊不远的一个名叫三棵树的小区。

那里，远远地可以看见山冈上挺立着三株高大的白杨，一条堆满垃圾和塑料袋的浑浊的小河无精打采地流淌。河岸边的草丛里，一群脏兮兮的孩子打闹着。在平缓的赤裸的山坡，挤满一排简易的平房，灰白色的水泥墙上有不大的窗户，黑色的石棉瓦上压着一块块碎砖头。

当那辆银灰的海鸥牌采访车扬起灰尘拐进小镇一条狭窄的泥巴路时，一群赤脚的男孩女孩像快乐的小狗一样追逐着。“你们找谁呀？”七八个豁牙的小嘴巴竞相喊道。在渐渐升起的暮色中，汤敏将车子停在路旁，跟

着罗天成深一脚浅一脚地走去。

不一会儿，听见前面有人站在门口喊道："在这儿，在这儿！"

闻声望去，那是个矮个子、胖胖的老妇人，她正是保育院食堂的柳阿姨。她的家和周围的简易平房毫无区别，里外两间，进门是厅堂，里间是卧室，大门一侧搭了一间小厨房。房子虽小，却被拾掇得一尘不染，在小厨房外头用竹篱围起的一块巴掌大的地方，居然种了些青菜，还有几棵结满果实的番茄，黄瓜的藤蔓爬上了屋顶。

"贵客临门，屋子太寒碜，真是不好意思……"柳阿姨一面让坐下，一面忙不迭地倒茶，还拿出水果招待客人。

汤敏看见桌上的果盘里有新鲜的苹果、荔枝，还有一包大前门。看来，老人事先可是做了充分准备。

"您太客气了。"汤敏说。

"不瞒你说，若不是罗师傅请你，你怎么能上我们这穷地方来。"柳阿姨拿着大前门要给罗天成点烟，被罗天成夺去。

"你真是的，我跟汤记者就是来坐坐，你忙什么呀？"罗天成说着，点了一支烟。

说了些闲话，罗天成把话挑明：

"我跟你说过，汤记者跟我家的小莉是发小，从小一块儿长大，一块儿读书，人是最可靠不过的。她呢，想了解咱们保育院的历史，她问我，我一问三不知。我琢磨，要说保育院的历史，没有人比你更清楚，你是元老，什么事儿能瞒得过你呀，你说是不是？"

柳阿姨听罢罗天成一顿奉承，心里美滋滋的，接过话茬儿："问你是白搭，你才来几天呀！"

她将椅子往汤敏身边挪了挪，向她谈起保育院的陈年往事。

人的一生，往往是被偶然事件彻底改变了命运，如同一艘小船本来在平稳的河道中航行，突然撞上了埋在水下的暗礁，不是沉船丧生，至少也会改变航向的啊。

柳阿姨的一生也是如此。

她叫柳翠菊，是矿区工人村一个普通的女孩，父亲和比她大5岁的哥哥都是矿工。他们是社会底层，被人瞧不起，背地里他们被叫作“煤黑子”，因为干的活儿又脏又累，身上脸上双手都沾满洗不掉的煤屑。可在柳翠菊心里，父亲和哥哥是世上最亲的亲人，他们在黑暗的地底下挖煤，给普天下带来光明和温暖，他们干的是最崇高的职业。

她念过几年小学，到了15岁，母亲过世，她就再没有机会读一天书了。和矿区许多女孩子一样，她们过早地当了家里的主妇，洗衣做饭，成了每天周而复始的作业。再过几年，她们就要嫁人了。这是矿区工人村隔三岔五上演的故事。

17岁那年的冬天特冷，除夕的那场大雪纷纷扬扬，从午后开始就没有停，屋前的泥巴路积了半尺厚的雪。柳翠菊抬头望着窗外飞舞的雪花，心里美滋滋的。她从早忙到晚，做了丰盛的年夜饭，有父亲最爱吃的红烧肉，也有哥哥喜欢的炸丸子，她还特地上供销社买了一瓶衡水老白干。辛苦了一年，该让他们痛痛快快喝上几杯。洗澡水也准备好了，屋子也收拾得干干净净。

柳翠菊摘下围裙，坐在窗前的椅子上，痴痴地望着沾满水汽有点模糊的玻璃窗，那上面贴着一张红红的百鸟朝凤的剪纸，那是她的作品，兴许是寄寓了她对未来朦胧的期盼吧。

天色很快地暗下来了，柳翠菊心里七上八下，她不止一次走到门外，朝着门前那条大道尽头眺望，风雪弥漫，不见夜归人。按说，父亲和哥哥早该下班了，怎么到现在还不回来？她在门口见到几个邻居，同她一样，脸上也是挂着焦虑不安，一副失魂落魄的样子。

矿工的女人，连同他们的儿女，一年365天，谁过的不是提心吊胆的日子？

倏地，一声凄怆的警报声伴着风雪在工人村上空响起，这可怕的拉长的声音，仿佛敲响了丧钟，撕碎了人们的心。任何人，不论大人和小孩，顿时惊恐不安。端在手里的饭碗摔在地上，腿脚不便的颓然摔倒。一瞬间，工人村家家户户一片号哭声，许多的女人和她们的孩子夺门而出，凡是有男人在矿上的，都预感到大祸临门，她们慌里慌张地朝着风雪卷起的山冈——那不远的矿区狂奔。

不用说，狂奔的人流中，有柳翠菊瘦小的身影，她的两个亲人都在黑暗的地底下，那是她在世间仅有的至亲，除此之外，再没有能让她日夜牵挂的亲人了。

那个除夕是怎么过的，柳翠菊已经记不得了。苦难之神假惺惺地怜悯这个可怜的女子，悄悄地抹掉了她的大脑中一切痛苦的记忆。她不记得矿山入口那人们哭喊的场面，也不记得那些沉默的救援人员抬着一个个遇难矿工遗体引起的骚乱，甚至连她看见父亲和哥哥平静如眠、毫无血色、无法唤醒的面孔那一刻的悲伤，她也没有多少印象了。

她的记忆里只有祸不单行留下的惨痛印记，大年初一，当她跌跌撞撞回到家时，她才知道，她的家，那个留下多少温暖和幸福的简陋平房变成了废墟，据说不知是哪一家的女人慌慌张张出门时忘了关煤气，酿成了一场火灾，烧了半条街。柳翠菊失神的眼睛在烧焦的砖石堆里搜寻，只有一块碎玻璃上那张百鸟朝凤的剪纸，依然那么血红，那么耀目。

她欲哭无泪，坐在被大雪掩埋的废墟上不知过了多久。当黑夜再度降临，她站起来，茫然地朝着大雪覆盖的山冈走去，深一脚浅一脚，没有目标，没有方向。驱动她的唯一意念，是追随她的父亲和哥哥。这个世界，对于孤苦伶仃的她，还有什么可以留恋的呢？

她走了好几个钟头，爬上陡峭的绝壁，她的脑子似乎一片空白，所有的记忆，痛苦的，心酸的，苦涩的，温情的，都被抹掉了。她唯一的念头是了此残生，彻底脱离苦海，失去了父兄这两个世间仅有的爱她、疼她的亲人，她没有勇气再活下去了。

七

月光如水，绝壁顶上的几棵枯萎的灌木被风吹得嗖嗖作响，发出呜咽的声音，她朝脚下望去，看不清究竟有多深，但从底下升腾着一股一股喷泉般的气流，深紫色的烟雾旋涡，搅动，奔突，好像水壶沸腾时从壶嘴喷出的蒸汽，尽管看不太清，但她的裙子被升腾的气流吹拂，她赤裸的双脚明显感觉到一股很冷很冷的寒气。

她顾不上许多了，也来不及思索，她闭上眼睛，咬紧牙关，双脚离地，用最后的气力纵身一跳，伴着一声绝望的呐喊，投向了死亡的深渊。她相信，几天以后，人们将会在山涧的乱石堆里发现支离破碎的尸体……

谁知，奇迹发生了。她的身体并没有做自由落体运动，没有像一块大石头那样迅速地坠落在山岩之间，那是必死无疑的。她只是感觉到往上涌动的一股一股深紫色、深蓝色还有玫瑰红的气流将她包裹得严严实实，如同一只无形的大手托起她的身体，使她飘浮起来。这样的过程持续了多久，她也记不清了，似乎并不太久。她感觉到她的后背撞到什么，轻轻地接触的感觉，这时那些多姿多彩的气流像云雾一样散开、消失了。她好像从一扇无形的门进入一个新的空间。她越来越觉得奇怪，她不知道人死的那一刻究竟是什么感觉，只觉得身体轻飘飘的，好像没有一点重量，像是被风吹拂的一根羽毛，这是不是人们常说的“灵魂出窍”呀？如果死亡是这样虚无缥缈，没有痛苦，也不难受，其实也是很不错的选择。

当她这样胡思乱想的当儿，她的整个身子像是旋转的陀螺，忽而头朝下，忽而头朝上，仿佛有一根无形的绳索牵动着她。天旋地转的感觉很不好受，她开始眼冒金星，胃里像倒海翻江一样，很想呕吐却又吐不出来，她的一双手不停地乱动，很想抓住什么东西，可什么也抓不住，到处都是空荡荡的。

她想，这恐怕才是死亡的感觉吧。从生到死，不管是怎么死的，在死亡的大限到来的一刻，总是会很难受的，哪怕是短短的一瞬。看来，这回是死定了。

突然，她听见有人喊道："喂，怎么回事，自动门怎么开了？"

那声音好像从很遥远很遥远的地底下传来，很急促、很焦虑的喊声。

接着，另一个比较从容的声音回答道："不知道什么物体撞开了自动门……好了，现在启动了校正功能，自动门已经关闭！"

"赶快检索，看看是什么物体坠落了，能不能清除出去……"仍然是那个很急促、很焦虑的喊声。

柳翠菊的意识有点迷糊，她不清楚这番对话是不是自己的幻听，也不明白说话人在说些什么。她只是觉得身子不再是翻筋斗一样转个不停，而是比较平稳地缓慢降落，似乎有一股无形的气流托住她的身体。当她感到无比惊讶时，她的身体轻轻地接触地面，又像憋足了气的足球弹跳起来，一次，又一次，然后慢慢地落在软软的海绵垫子上。

她突然失去了知觉，人事不知了。

过了不知多久，柳翠菊以为自己这回是真的死了。然而有一道光线射入大脑，掀去了厚厚的黏稠的浓雾，她感觉到意识又从沉睡中苏醒了，

她费劲地睁开眼睛，感觉头不再晕眩，胸口也不再憋闷，人也清醒过来了。眼前先是模糊的，渐渐地她能看清了，在她面前是3个陌生的面带微笑的男人，其中一个约有50岁，另外两个不到30岁，他们摘下了头上的深绿色氧气面罩，身穿清一色的深绿色的实验服，他们的目光是和善的，

但是充满了惊诧和困惑。

“小姑娘，你是谁家的？深更半夜你怎么一个人爬上山顶啦？多危险呀？你险些没命啦！”那个年纪最大的男人和蔼地问。

没想到这几句话勾起柳翠菊的满腹心事，她忍不住掩面而泣。她这一哭，把几个大男人弄得满脸尴尬，赶忙相劝，又扶她坐起，送上一瓶矿泉水。后来柳翠菊才知道，她这回大难不死，完全是偶然的。并不是什么福大命大造化大，顶多不过是赶巧罢了。

当她从悬崖绝壁跳下时，那位50多岁的天文学家刘秉正和两个助手——一个物理学家和一个医学博士，正在悬崖底下进行模拟人类在月球生存可行性的实验，选择这里是因为远离市区，不受干扰，这个悬崖绝壁有200多米深，终日不见阳光，气流稳定。

他们建造了一个垂直的人造生态舱，将地心引力减少到1/6，相当于月球的月心引力，使生态舱形成半失重状态。与此同时，强力的冷却系统模拟月球昼夜剧烈的温差变化，进而测试月球冷暖的周期性变化对人体的影响。

在这个巨大的有10米高的人造生态舱底部，一间小小的实验室藏在一个山洞里面，柔和的灯光从四壁散射出来，一排排电脑的显示屏闪耀着彩色曲线和一串串数字，对生态舱进行精确的操作调控。

尽管天文学家和他的助手费劲地给柳翠菊讲了不少他们的实验，但是不识几个字的柳翠菊仍然是“丈二和尚——摸不着头脑”，什么月心引力只有地心引力的1/6呀，什么封闭的生态舱呀，什么月球的昼夜温差呀……她统统弄不清是啥东西，也不知道他们捣鼓这些究竟是干什么。

不过有一点她弄明白了：当她从悬崖坠落下来，没有粉身碎骨，并不是菩萨保佑，而是她掉进了那个什么生态舱里面。她没有摔死，甚至没有受伤，靠的是生态舱处在半失重状态，地心引力减小了，达到了月球引力，她这才有幸活下来。至于那些往上涌动的一股一股深紫色、深蓝色还有玫瑰红的气流，全是制冷机排放的气体，根本不是升入天堂的五彩祥云。

闲话休谈，言归正传。虽然不知道以刘秉正为首的三位科学家模拟月球生存环境的实验究竟有多大成果，但是他们意外地救了柳翠菊一条小命，天文学家刘秉正认为这是老天爷送来的最好的礼物，高兴得不得了。

刘秉正简单地询问了柳翠菊的身世，得知她是个无家可归的可怜少女，心里很是同情。他立刻把柳翠菊带回家，与夫人李子君商量，决定收养这个苦命的女孩。李子君也很喜欢柳翠菊，事情就这么定下来了。

接下来的几十年光阴，柳翠菊开始了完全不同的人生。感恩是她活下来的力量，也是她做人的唯一目的。

柳翠菊被刘秉正和他的夫人李子君收留，成为这个家庭的一员。那时夫人刚生下小丽霞不久，她便陪伴小丽霞长大，承担了几乎全部家务。虽然刘秉正和李子君几次劝她找个合适的对象，早点成家，都被她一口拒绝了。

柳翠菊就这样送走了自己的青春年华，送走了相继离去的天文学家和他的夫人。

弹指之间，是长长的25年。说罢，柳阿姨——当年的柳翠菊——不由得深深地叹了口气。

“刘秉正老先生生前有遗嘱，他死后，家里的房子除了自住的一部分，大部分捐给红十字会，建一所保育院，专门收养孤儿们。听夫人说过，刘老先生本人就是一个失去父母的孤儿。那时候，老夫人也退休了，她原是一位小学校长，退休后她就当了保育院的院长。我在刘家待了25年，过了大半辈子。料理完刘老先生的丧事，我就回矿区了。这里是我的根，叶落归根呀！这么些年，我手头也攒了些钱，矿上也补发了抚恤金，我把父亲的房子按原样重新建起来，这里保留了我的全部回忆，人没有回忆怎么活呀，还是住在自己家里心里舒坦呀，狗不嫌家贫……”

柳阿姨的舒坦日子才过了一年多，刘丽霞的一个电话把她又召回去了。电话里也没有说清楚究竟是什么事，也不是老夫人病重。前些日子老夫人住了医院，柳阿姨心里很担心。刘丽霞在电话里支支吾吾，老是重复说你快点来吧，来了自然知道了呀……

对从小抱着长大的，和亲闺女一样的刘丽霞，柳阿姨是骂不得恼不得。

八

从新村开往城里的郊区火车，到达终点站的时间刚好是晚高峰，下车的乘客步履匆匆，忙着去转城铁或者公交车了。坐在最后一排座位的刘丽霞、罗小莉和谭云甫正在玩一种吉卜赛人的扑克游戏，竟然忘记了火车到站，不一会儿，周围的旅客都走光了。这时一个身穿铁路员工制服的女乘务员走过来，冲他们一笑："别玩了，火车到站了……"

仨人闻声站起，刘丽霞收起小桌上的纸牌，各人慌忙拎起自己的背包朝车厢出口走去。

他们三个人是同班同学，高中毕业了，他们结伴去了一趟郊外的森林公园旅游。当他们的脚刚要迈出车厢的门时，女乘务员在后面把他们叫住了。

"喂，你们三个，那是不是你们落下的东西？"她指着座位行李架上放着的一个纸箱子。

喧闹的车厢，此刻安静极了。他们仨不约而同转过身对那个女乘务员摆摆手，但是好奇心又使他们停下脚步，他们的目光被行李架上的纸箱子吸引住了。

那是一个很普通的瓦楞纸的旧包装箱，土黄色，上面半敞着，外面是交叉系着的白色塑料绳子。女乘务员这时站在座椅上，踮起脚，伸手去拿那个纸箱。

如果这三个孩子此时离开车厢，消失在匆匆出站的人流中，他们的人生肯定是另外的一种风景。然而人生有时是无法选择的。命运的小船一旦驶入湍急的河道，再有经验的水手也难于驾驭生命的轨迹。

他们没有料到，这个被人故意遗弃的纸箱子，将改变他们中某个人的一生。

女乘务员的手一托起纸箱，又高又壮的谭云甫立马迈出一大步，向前伸手接应。他下意识地担心纸箱太重，女乘务员抓不住。就在他们将纸箱放在座椅当中的小桌上时，女乘务员突然惊慌地叫了起来，神色也骤变了。刘丽霞、罗小莉闻声不由得奔过去，谭云甫也惊呆了。

这个简陋的纸箱里，如同一个公主的寝宫，有一床薄薄的线毯，草绿色，点缀着黄色的花朵，毯子里面有几层柔软的毛巾被，里面包裹着一个可爱又可怜的女婴，女婴身上的衣裤鞋袜都很干净，戴着波浪形的小帽子，白白胖胖，小脸蛋灿若桃花，一双胖嘟嘟的小手很惬意地放在身边。也许她在被抛弃的时刻被母亲有意喂饱了，此刻还沉浸在幸福之中，

孩子身边有一个鼓鼓囊囊的小书包，里面有一纸盒牛奶，一瓶矿泉水，一个粉红的奶瓶，200元纸币，一个玉镯子，一块电子表，这是她母亲的全部财产。还有一张用电脑打字的纸，上面写着："亲爱的星儿，你是××年7月14日21时45分生的，可怜的母亲无法养育你，请你原谅。愿好心人能代我呵护你，让你健康地成长，你的母亲永远祝福我的星儿。"

四个人都惊呆了，足足有几分钟谁都没有开口。还是女乘务员有点头脑，她用恳切的声调对三个学生说："你们跟我来，耽搁你们一点时间，我遇到麻烦了……"说罢，她让谭云甫抱着纸箱，众人一同来到车站的站

长办公室。

她很清楚，遇上大麻烦了。这不是旅客遗忘的行李，而是一个大活人，在她负责的车厢里，她难辞其咎。她当乘务员才半年，这个月的奖金甚至年终奖肯定泡汤了，这还是小事，关键是这个小不点儿怎么安置，谁来收养？一想到这儿，她的头都大了。

站长办公室就在站台对面的一溜平房里，一推门，纸箱里婴儿大约是第一次见到官员，吓得哭了起来。

坐在一张破旧但很结实的办公桌后面的老站长慌忙站起来。当女乘务员从谭云甫手里接过纸箱放在桌上时，头发花白、戴一副老花镜的老站长脸色大悦，眉开眼笑地看着纸箱里的小宝贝，用慈爱的声音哄着啼哭的孩子："啊，啊，好可爱的小宝贝，饿了吧，还是尿尿了？"

也真怪，老站长的手拍了拍婴儿，她马上安静了。

多懂事的孩子。她大概知道，她的命运将在这里改变了。老站长喜滋滋地看了婴儿和纸箱里的一切，尤其是那张母亲留下的纸条，不禁从胸膛吐出一声长长的叹息，那张满是沟壑的脸上现出悲愤的神情。"只知生不知养，什么人啊？"半晌，他自言自语道。

过了片刻，老站长环顾众人，"各位，有什么要我办的，请吩咐。"他的眼里含着笑意，幽默地说。

女乘务员急忙开口，把事情的来龙去脉说了一遍，也没有忘记进行自我批评，说由于车上人太多，没有发现是什么人把装小孩的纸箱放在行李架上的。刘丽霞、罗小莉和谭云甫也做了自我介绍，补充了一些细节。

老站长听罢，抓起话筒，打了几个电话，然后吩咐女乘务员照顾好婴儿，给她热一热牛奶，喂喂她，看看尿湿了没有……老站长像个慈祥的老奶奶。

"按咱们铁路的老规矩，哪个车厢发现了弃婴，女乘务员责无旁贷要当几天义务妈妈，直到孩子找到安顿的地方。"老站长对女乘务员交代，

"当然，工资照发，一切费用归车站负责。你的责任就是照顾好孩子，别饿着，别冻着，千万不能生病，责任可不小。"

"你们都请坐，"他转过脸对刘丽霞、罗小莉和谭云甫说，"我知道你们都急着要回家，可是不得不耽搁你们的时间，一会儿，我们车站派出所的所长和这趟列车的乘警都要来，我们要共同办一件事，为这个没名没姓，不知生身父母也不知出生地的孩子，办一份合法的身份证明。我们每个人都要签上自己的名字，盖上大红的印章，为这个孩子做证。这样，从今以后，这个孩子就是我们中华人民共和国的合法公民了，从此受到法律的保护，享有一个公民应该享有的权利。而你们诸位，就是重要的见证人……"

三个学生一听，顿时觉得责任好大，好神圣，个个脸也红了。

这时刘丽霞小声地问："请问，领养这个孩子需要什么条件？"

她这一问不要紧，事情瞬间发生了戏剧性变化。

一个多小时后，车站派出所的所长和列车乘警匆匆赶来，同老站长一起，为孩子办妥合法的身份证明，一份盖了几个大红印章的新生儿出生证快速印制出来了。这时，刘丽霞从女乘务员手里接过熟睡的婴儿，喜悦的泪水夺眶而出，滴在孩子的脸上。

"我在铁路上服务了40年，今年就要退休了。这是经我之手，本车站拾得的第108个孩子，这也是我们铁路的光荣，因为许多父母至少是信任我们铁路的，相信孩子交给铁路就能活下去，不会遭罪。"

老站长说着说着动了感情。

"这一次与以往任何一次都不同，是找到领养家庭最快最顺利的一次，我太高兴了。等我退休后，我要沿着铁路线，去访问那108个家庭，我要见一见这108个孩子……"

老站长摘下眼镜，掏出手帕揩拭眼睛。

刘丽霞能够领养这个孩子的秘密，在于她说出了她母亲的名字。在这个不大的城市，天文学家刘秉正和他的夫人李子君有口皆碑，尤其是李子君担任院长的明天保育院，远近闻名，是孤儿的“天堂”，但它属于私人办的保育院，名额有限，一般情况很难收容。老站长一听刘丽霞母亲的大名，喜出望外，立马与派出所所长商量，接通了李子君的电话，刘丽霞接着又央求母亲，于是李子君一口答应，破例收养了这个女婴，事情就这样谈妥了。

当即，女婴命名为李星儿，随李院长的姓，名字是她的生母取的，那张小纸条上是这样写的。这当然也是刘丽霞的主意。

罗小莉和谭云甫也深表赞同。

九

刘丽霞一个电话，把柳阿姨请回来了，她将负责照顾收养的李星儿。

在明天保育院，这样刚出生的女婴，过去是从来不收养的，因为新生儿的死亡率很高，保育院没有相应的医疗条件和护理条件。

果然，柳阿姨回到保育院不到一个月，一个残酷的现实摆在刘丽霞面前，也摆在李子君面前。

这天中午，暖融融的阳光透过玻璃窗，映照着一个水汽迷蒙的浴盆，柳阿姨趁着天气暖和给李星儿洗澡。她嘴里哼着一首儿歌：

“前拍拍，后拍拍，囡囡洗澡好快活，
先拍背，后拍胸，囡囡洗澡不着风，
先洗手，再洗足，囡囡洗澡不要哭……”

洗毕，她把李星儿用大浴巾包裹起来，这时阳光恰好映在孩子脸上，柳阿姨用一块柔软的小毛巾给她擦脸，擦头上黄黄的绒毛沾上的水珠，轻轻地揩额头的皱纹，李星儿手脚乱动，似乎很不满意。就在这时，柳阿姨发现李星儿的眼睛不对劲，这个孩子的眼睛一见到阳光就流眼泪，是怎么回事呢？

惊慌的柳阿姨抱着李星儿去找李子君夫人，接着刘丽霞和柳阿姨一道，到同仁眼科医院给李星儿挂了急诊。

几个月下来，跑了无数医院，找了眼科专家，检查、验血、透视、B超、同位素、核磁共振……所有医生的诊断都一模一样，无比残酷：李星儿患的是先天性失明，她将终生生活在黑暗中……

所有的人都哭了，刘丽霞哭得最伤心。她从见到李星儿那一刻，就从内心深处爱上了她，觉得和她前世有缘，她曾经不止一次暗暗发誓，要让她这辈子过上幸福的生活，和所有天底下有爹妈的孩子一样。然而没有想到，命运竟是如此无情，李星儿竟然被剥夺了享有光明的权利，这是多么叫人心酸、难以接受啊！

还是老同学的一番话使刘丽霞从悲伤中振作起来。

谭云甫和罗小莉闻讯跑来。

罗小莉是快人快语："你想一想，小星星还是有福气的，如果不是遇上我们，遇上你，她的命运就惨了。现在，她生活在明天保育院，如同在你家里一个样，生活无忧，今后也会受到良好的教育，她会有一个美好的未来。"

谭云甫涨红着脸，结结巴巴地说："是呀，我们都会无微不至地呵护她，像对待自己亲生的女儿一样，你就放心好了。"

刘丽霞感激地"嗯"了一声，抬起眼睛看着眼前幸福的一对，心里的感觉是百味杂陈。

她和罗小莉、谭云甫是自小一块儿长大的，从小学到中学，人生之旅走的是同一条路，许多难忘的经历交织一起，分不出你我，是最可信赖的闺中密友和童年伴侣。在她遇到难处时，总有他们相帮相助的身影，这是她最为感动的。

然而今天，她的心里除了感动，除了友情的温暖，也生出几分嫉妒，几分伤感。

因为在几天前举行的毕业典礼上，做什么事都雷厉风行的罗小莉，拉着谭云甫的手，当着全班同学的面，宣布他们的友谊已经进一步升华……

谭云甫满脸通红，有点手脚无措，用力地甩开了罗小莉的手，气恼地说："你……你胡说什么呀！"

谭云甫的申辩几乎没人听见，一阵暴风雨般的掌声和起哄声把他淹没了。这个毕业典礼上的小插曲，是真是假，随着毕业后各奔前程，也没有人去深究了。不过，有人后来发表评论，说罗小莉这丫头真是聪明绝顶，别看她平时大大咧咧，好像没心没肺，其实那是假象，她的鬼心眼多着呢。她的这一招真的很厉害，同班的好几个女孩子措手不及，有点花容失色。因为在他们班上男孩子很稀缺。罗小莉趁着好几位竞争对手还未清醒过来，彻底粉碎了她们的美梦。

刘丽霞满面笑容，为他们高兴，真心为他们祝福，但她回到家，回到她的闺房，再也忍不住地掩面而泣。

她自己也说不清为什么会这样。她和谭云甫也仅仅是很普通的同学关系，同别的男孩子没有什么两样，顶多是谈得来而已。可是她不知道从罗小莉嘴里宣布的消息，为什么这样深深地刺痛了她的心。难道她一直以为谭云甫是爱着她的，而不是罗小莉？难道是她暗恋着谭云甫，潜意识里以为罗小莉绝不是她的竞争对手？或者她自以为长得漂亮，学习成绩最优秀，各方面都出色，班上的男孩子都围着她转？

她的心里翻来覆去，也理不出个头绪。谁又能猜得出一个豆蔻年华的

少女的心呢？

刘丽霞第一次失眠了。

也就是这一刻，她似乎心血来潮，决定报考特种教育专业，这是一门专门研究残疾儿童的心理，对他们进行培养的学科。她的心里只有一个执着的念头：要尽全力把李星儿培养成人。既然收养了她，就要给她光明，让幸福的阳光照耀她的一生。她的这个想法只告诉了她的妈妈，李子君很赞同，非常支持她。刘丽霞后来去英国留学，据说就是老太太的建议，她的亲妹妹、刘丽霞的小姨，是英国纽考垂特种教育学校的学监，一位著名的儿童心理学家。

这一年，她才19岁。

十

案情终于有了重大突破。马强从罗天成的手机记录中查出了一个重要线索：案发当天，当明天保育院的校车开往“环球大旅馆”，让那些嚷着闹着要撒尿的孩子进旅馆去方便时，罗天成给他的女儿罗小莉打了一个电话。这个时间距离3个盲童失踪仅相差20来分钟。

调查进一步证明，罗小莉这时正在“环球大旅馆”出席登月之旅新闻发布会，她是主办方的成员，负责接待工作。据“环球大旅馆”大堂经理和多名保安回忆，那天在18层会议厅举行的登月之旅新闻发布会，是6点准时散会的，也就在这以后不到10分钟，有人看见罗小莉匆匆从地下车库开车离开。她开的是一辆银灰色的小面包车，有月球基地的专用车牌。马强调出车库的监控录像，证实了大堂经理和保安的回忆，尽管影像不太清晰，但是在驾驶座开车的正是罗小莉。

罗小莉的工作单位在航天公司太空基地，她是飞往月球的太空飞船的空姐，一名老资格的乘务长。马强用手机和太空基地保卫部门联系，得知罗小莉还在月球上，她要乘下一班飞船才会返回地球，那要等到2个月以后了。

马强由此判断，3个盲童失踪与罗小莉有关系，罗小莉成为第一位的怀疑对象，罗天成也参与其事。然而这个推论至少有一点是难以使人信服的，这也是关键之所在。如果认定罗小莉是犯罪嫌疑人，那么她的作案动机何在？她到底是出于什么动机，精心策划了这宗绑架3名盲童的大案，她要达到什么目的？这一点，马强绞尽脑汁，也猜不出其中的奥妙。另外，除了她的父亲罗天成暗中传递消息，暗中帮助，还有什么人卷入此案？这也是需要深入调查的。因为光凭罗小莉一个女人，要绑架3个盲童并非易事，这是个典型的团伙作案。当然这些多半还是推理，并没有过硬的板上钉钉的证据。

马强心里盘算，这些关键问题不弄清，他也无法向警局头头交代。局长只给他3天期限，满打满算还有2天，他决定再找汤敏商量商量，说不定这个机灵鬼又有意想不到的新发现哩！

马强拨通汤敏的手机，嘿，心有灵犀一点通，汤敏说正要找他。两人一商量，一小时后，还是老地方见面，不见不散。

他们又来到新开张的咖啡馆，原先的市天文爱好者俱乐部的顶层。俩人坐在窗前的老座位上。

两杯意式咖啡刚端上桌，马强便按捺不住地说："有了重大进展……"

话刚出口，汤敏伸出一个手指头放在嘴唇中间，不让他说下去，还调皮地眨了眨眼睛："让我们同时说出你我掌握的作案人的名字，看一看是不是相同？"

汤敏环顾四座，发现没有别的顾客，这才抬高声音。

马强赞同地点了点头。汤敏一本正经地数着数：“1！2！3！”

他们此刻的表情就像回到童年，在幼儿园里做猜谜游戏的孩子，一脸的天真，一脸的快乐。

但是当马强喊出罗小莉的名字时，他分明听见汤敏说出的并不是罗小莉，而是另外一个人的名字。这完全出乎他的预料，他甚至从未把注意力投向这个人。汤敏说出的竟是——谭云甫。

“哈哈，大警官，这回你输惨了！”汤敏指着对方的鼻子，奚落道，忍不住得意地哈哈大笑。

马强很不服气，把他侦查得出的结论，原原本本地复述了一遍。他咬定，涉案的第一人必是罗小莉。

汤敏呷了一口苦涩的咖啡，忍住了笑声，反向道：“你知道这3个小家伙现在在哪儿吗？”

一听她话中有话，而且是那样一副得意扬扬的表情，马强像泄气的皮球顿时蔫儿了。他知道，汤敏手里有张大牌，这场暗中较量的对决赛，他没准儿成了中国足球——没戏了。

汤敏故意卖关子似的注视着马强，半天不开口。

马强见状不由得有点赌气地说：“这3个什么也瞅不见的小家伙还能上哪儿？难道能上天不成？”

“算你聪明，他们这会儿正在天上……”说罢，她转脸朝向窗外。

天黑下来了，一轮残缺的下弦月，从树梢上头懒洋洋地探出头来，昏黄的月光洒在黑黝黝的小树林和紧邻的一道高高的围墙上。汤敏探头张望，只见那边保育院树影幢幢，什么也看不清了。那幢小楼亮着明晃晃的灯光，耳畔似乎传来一阵忽隐忽现的钢琴声，还不时有孩子们的笑声和喧闹声。似乎与往常没有两样。

马强心里咯噔一下，他完全没有想到这一层，而汤敏每一次都比他快一步。按说，他发现了罗小莉，应该想到她有可能把3个盲童转移到月球，这是合乎逻辑的。不过，这个假设也站不住，至少此刻还说服不了马强，他仍然不知道最终答案——把3个盲童转移到月球的目的是什么？

汤敏笑了笑，终于揭开了谜底。她先告诉马强，她是从刘丽霞那里突破了惊天大案的谜底的。

马强惊叫道："刘丽霞？我找她谈过不止一次，她说她什么也不知道。她跟我装傻呀？！"

"这个嘛，你也别奇怪，你找她谈话，就像审犯人，谁对你们不反感？谁跟你们讲真话？我们，女人跟女人，像亲姐妹一样聊天，以心换心……"汤敏笑道。

她还没有告诉马强，她和罗小莉是"闺蜜"，和刘丽霞、谭云甫都是一个学校的，有这样一层校友关系。

汤敏去见刘丽霞时，刘丽霞正在抹眼泪，汤敏一猜就知道她也在为这件案子的事犯愁。她告诉汤敏，警局来人找自己谈了好几次，也找了保育院所有的有关无关的人，她的压力很大。

"都怪我，责任在我一个人身上，跟别的人没关系。"刘丽霞哽咽地说。

"你这是何苦呢？把事情真相一五一十抖搂出来，不就没事了吗？也省得他们疑神疑鬼。"

"嘿，我还不是担心云甫嘛，他做什么事总是这样不考虑后果，想怎么干就怎么干。事情明明是个好事，现在弄得满城风雨，说不定还要吃官司，这是何苦？"刘丽霞说到这儿，拉着汤敏的手，小声央求道，"你不是跟警局那个马警官很熟吗，能不能求个情，放云甫一马……"

听她张口一个"云甫"，闭口一个"云甫"，汤敏心里一阵酸楚：好个痴情的女子，还在暗恋着初恋的情人，为他的安全暗暗操心。

“没问题，这个事儿交给我，不过有个条件，你得给我说实话。”汤敏知道，为了救谭云甫，刘丽霞是什么都会说的。

“事情要从云甫这次回国说起。”刘丽霞用手拂去额头的一绺头发，想了一会儿，接着说：“快7年了，我们没有见面，高中毕业以后我去了英国，罗小莉考上外语学院，后来又上了最热门的航天学院，当上了太空飞船的空姐。云甫是学医的，他专修眼科，后来又搞太空医学。

“我这次才知道，他这两年一直在丹麦，跟随一个国际上很有名的‘光明之友’的医疗队，专门在月球的眼科实验中心，为各国先天失明的盲童重植眼球，使他们重见光明。这个眼科实验中心位于月球基地不远处，是在一个很深的地下洞穴里。很多年以前，宇航员登月时在这里居住过，后来不知什么缘故废弃了，也被后来的登月者遗忘了。不料，过了好多年，丹麦眼科大夫比尔松教授——他也是个探险家——在一次月球探险时无意中发现了这个地下洞穴，里面留有很多很好的还能使用的设备，像空气和水的再生机器、发电机、电脑系统和食品仓库。比尔松教授高兴坏了，他在全球招募助手，成立医疗队，向全球富豪募集了雄厚资金，因为他是举世公认的优秀的眼科医生，诺贝尔生理学或医学奖获得者，所以资金不成问题。限于条件，目前这个手术一年的受益者只有10~15人，各国航天公司也乐于提供优惠机票，这也是扩大宣传的手段。云甫是‘光明之友’团队的一员。”

停顿片刻，刘丽霞接着自问自答说：“为什么要在月球上做这种手术，地球上不行吗？这个问题我也问过云甫。云甫说，在月球上，进行人体器官的复制，有很多优越条件，比如，没有细菌，病人的伤口不会受感染，恢复特别快。另外，月球引力只有地心引力的1/6，人工培养的器官生长速度很快，加速了器官的复制。据他说，经过几百例成功的案例，从患儿的骨髓里分离出的眼球基因，在无菌和失重条件下很快生长，比起在地球上来，在时间上缩短了几百倍……

“他这次急急忙忙回国，实际上是有目的而来。由于他在比尔松教授手下干了两年，各方面很突出，他从比尔松那里匀出了3个名额给中国，说白了，云甫是要给李星儿和另外两个盲童做手术，他为什么等不及呢？因为这个手术需从患儿的骨髓里分离出眼球基因，根据以往的病例，患儿男的不能超过7岁，女的不能超过8岁，具体原因还不清楚。他知道这3个孩子的实际年龄，李星儿已经过了7周岁。因此他风风火火跑来找我，又是给他们体检，又是逼着我同意把3个孩子带走，送到月球上去做手术。我虽然不是星儿的亲生母亲，可是星儿是我一手带大的，如同亲生骨肉。再说，我跟谭云甫7年不见面，偶尔过年过节有个电话，也是几句客气话，我对他并不十分了解，他说的这些，我也是半信半疑。我也问过一些眼科医生，他们也说不准，有的说风险太大。再说，把这么小的孩子送上月球，做手术，我心里不放心呀……”

刘丽霞说到这儿，掩面而泣，很动感情的样子。

汤敏听罢，问：“由于你几次都没有答应他，谭云甫很不高兴，听说你们吵了起来……”

刘丽霞用纸巾揩了眼泪，连连点头。

“我完全没有想到，年纪都不老小了，他还是那么不管不顾，做什么事也不考虑后果，居然来了这么一手！”

“你当时知道是他干的吗？”

刘丽霞很肯定地点了点头。

“他在罗小莉的帮助下，把孩子们弄上了飞船，用手机给我打了电话，请我原谅，还说3个月内保证把3个孩子健健康康地还给我，让我一百个放心……”

说到这儿，刘丽霞无奈地摇摇头。

“这个人哪，做事太莽撞了，不计后果，他迟早要吃亏的！”

汤敏什么都明白了，临告别时，她突然想起一件事，试探地问：“丽霞姐，我想问你们一点私事，我听说谭云甫和罗小莉早订婚了，这么多年，他们也不小了，怎么不结婚？”

刘丽霞顿时脸色通红，但她还是鼓起勇气对汤敏说：“这个问题我也问过小莉，她说云甫这次回来跟她大吵了一架，原因其实很简单，什么事呢？原来是云甫有一天向小莉问起小星儿的情况，小莉起初支支吾吾，后来不得不承认，7年来她从未看过一次星儿。这倒是真的，我听母亲生前也唠叨过，说小莉怎么这么忙呀，从来不看看我们星儿，她还说她是星儿的‘干妈’……”

刘丽霞接着说：“唉，也许是小莉真的很忙，或者有什么别的原因，但云甫很生气，骂她是冷血动物，说她太自私，太缺少爱心，反正是气头上的话，说得很难听。不过小莉也知道自己错了，所以云甫把几个孩子送上月球，她也帮了大忙。大概也是为了弥补弥补吧。”

汤敏没有再说什么，心想，乌云已经升起，在谭云甫和罗小莉头上飞扬，谁知会不会有一场暴雨呢？

十一

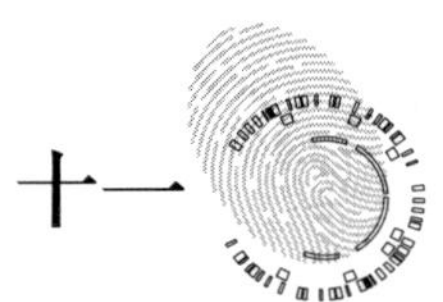

让我们把目光转向月球，看看那几个孩子过得怎么样吧。

如果用最简洁的语言来表述，应该说他们都很好，只是他们对于时间的概念有点迷糊，不管是精明的李星儿，还是另外两个年龄稍小的男孩刘田田、陶乐乐，他们都不知道过了多久。是几天呢，还是几十天或者更长些，仿佛一道复杂的算术题，他们完全搞不清了。在他们模糊不清的记忆里，昏睡的时间远远超过了清醒的时刻。

这也许就是黑暗胜过光明的好处。在光明的照耀下，谎言、丑陋、恶行、虚伪，这类人间无处不在的垃圾，使你作呕，痛心疾首，寝食不安。而在大夜弥天、星月无光的黑夜，你会视而不见，少了许多烦恼。

此刻，3个孩子心情倒是很平静，不吵也不闹。他们凭着特殊的非常人的敏锐，感觉他们到了一个陌生的地方。

可是到底在哪里？他们不知道，也无从知道。

周围安静极了，听不见一点过去熟悉的声音，鸟儿的鸣啭，虫子的歌声，树叶与风的对语，雪花飘落的叹息，统统听不见了。眼前似乎更黑暗了。对他们来说，黑暗并非漆黑一团，而是有不同等级，不同层次。此刻，他们似乎坠入最深层的黑暗世界，感受不到一点儿光的温暖，如同从墨水瓶里掉进了柏油桶里，无边的黑夜从头到脚整个儿把他们活活地裹住，像是封闭在一层厚厚的硬茧里。

他们都庆幸自己还好好地活着，因为生存的本能告诉他们，这是最最重要的。失去视力的他们，从懂事那天起就明白，生存下来实在是太难太难，何况又失去应该保护他们的父母。他们本能地懂得人世间的一个伟大的真理：身体健全的孩子又哭又闹，可以得到他们想要的一切，而对于他们，哭呀闹呀，只会适得其反，失去得到的一切。因此，他们很早很早就学会了忍耐，绝对不会做无效的反抗，在沉默中保护自己，是他们生存的本能。

他们表面上不动声色，像洞穴中冬眠的小熊，但是他们的耳朵，他们的鼻子，他们的手指头，甚至全身的每一个细胞，都在紧张地捕捉着四周的信息，不放过一点儿蛛丝马迹。他们从鼻子闻到的气味判断，这里是一家医院的病房，一股酒精混合消毒液的淡淡的气味弥漫着，而且他们每个人都有一张两旁有防护栏的床，还有薄薄的很暖和很干净的被子，似乎都证明了这一点。

他们很纳闷，为什么把他们送进医院呢？他们并没有头疼脑热、伤风感冒，哪儿也没有生病呀。而且最奇怪的是，李星儿发现在她的左右，一边是刘田田，另一边是陶乐乐，他们小声地说过话。他们仨怎么会同时生病，住在同一个病房，这些他们都搞不懂。不过他们也知道，他们的眼睛那儿蒙上了纱布，每天都会有护士轻手轻脚地过来换纱布。他们心想：不知道眼睛出了什么毛病，伤脑筋的眼睛从小就背叛了他们，还能怎么样呢？可是没有人告诉他们这又是在干什么。

他们成天躺着，不让下地，到时间有人过来喂饭，也不和他们说话。李星儿闷得慌，有时也和不远的刘田田、陶乐乐没话找话说，可是护士马上过来不让说话。为了给他们解闷，耳机里会自动飘出悠扬的旋律，像小河的流水，蜜蜂的歌儿，微风在林子里散步，还有雨点落在芭蕉叶上的嗒嗒声。

说心里话，饭菜很单调，谈不上可口。不过，对于饮食，3个孩子倒是从来不挑食，给什么吃什么，这大概也是孤儿的求生本能。他们觉得最新奇的，是他们下地到厕所时，必须小心翼翼，紧紧地拽着一根结实的绳子，一步一步地移动。要不然，身体会飘起来，一蹿好几尺高，那非得摔跤不可。

不知这是怎么回事儿？他们心里琢磨，也许他们真的生病了。不过除此之外，倒也没有别的什么不适。

大概过了一个多月吧，单调乏味的生活终于有了变化。这天，病房里响起一阵沉重的脚步声，有几个人走到病床旁边。孩子们听见一个有点熟悉的声音，他大概是医院里的医生，男的，说话很和气，好像是聊天一样。

“孩子们，我是谭叔叔，你们的主治医生，还记得我吗？”他边走边说。

天哪，居然是谭叔叔，那个给他们做体检的，带着他们玩“老鹰抓小鸡”的谭叔叔！好像见到了世界上最亲的亲人，3个小病号笑开了花，争先恐后地扯着嗓子喊着“记得——”

谭医生笑了："别激动！别大声说话……"

随后他又分别介绍了旁边2名男医生和3名护士，都是他们团队的成员。

谭叔叔的声音使他们想起了明天保育院的小花园，在桃花盛开的春天，那个阳光温暖的日子，谭叔叔给了他们每个人一份礼物。

李星儿记得特别清楚，谭叔叔给她的礼物是个好可爱的毛茸茸的大白兔，谭叔叔还对她说："孩子，你就是可爱的大白兔，你是属兔的。"这个谭叔叔吻着她的脸蛋时，她发现他的眼里流出了泪水。他们无论如何没有想到，会在这里又遇上了好心的谭叔叔。这到底是怎么一回事呢？沉默了好多好多日子的3个孩子，再也憋不住了，闷在心里的十万个为什么立刻蹦了出来。

"请安静，孩子们，你们现在还是病号，要听大夫的话，不能多说话。"谭叔叔说。

待他们静下来，他走到李星儿的床前，握住她的手，摇了摇，继续说："我知道你们的小脑瓜里装了很多问题，这是什么地方呀？我们怎么跑到这儿来了？还有，给你们治什么病呀？这些问题你们都想问个明白，对不对？不过，别着急，到时候这些你们都会明白。现在，我要告诉你们一个特别令人高兴的喜讯……"

谭医生放慢语速，好让孩子们听清楚。

这时，孩子们听见了一阵机械滚动的轰鸣声，这是几个月以来第一次听见巨大的声响，似乎整个地面也随之晃动，他们睡的床和他们的身体也在旋转、移动。过了不大一会儿，一切又停止了，恢复了宁静。

从谭叔叔身后，飞过来一位白发苍苍的老人，身上穿的白大褂像翅膀张开，呼呼有风，他个子不高，身手矫健，有一双睿智而明亮的眼睛。他越过谭叔叔的头顶，像鸟儿一样飞了过来，双脚稳稳当当落在孩子们床头，然后，他朝周围的人——他们是他的学生和助手——点了点头，接着小心翼翼地揭掉了孩子们眼睛上蒙着的眼罩。

他越过了一张张床，非常利索地重复相同的动作。

一刹那间，孩子们惊呆了，那个奇怪的老爷爷的手指头好像有魔法一样，轻轻一指，他们合上的眼睑感到非常舒服，似乎有一股强大的力量击中了它，击碎了眼前黑暗的石门。

老爷爷像念咒语一样，和蔼地轻声说："试一试，睁开你们的智慧之门，去看看大千世界！"

他说一句，谭叔叔就在一旁翻译一句。

就在这时，奇迹出现了，他们失明的双眼先是感受到微弱的冷冷的光，接着看见了不太清楚的什么物体，像是迷蒙大雾中的模糊影像。很快，大雾被一阵狂风吹散了，他们第一次睁开眼睛，看见了头顶上有一扇半圆形的玻璃窗，在窗外，暗紫色的、无比深邃的苍穹，像是无边的海洋向遥远的方向伸展它无声的水波，那上面跳跃着闪光的、大大小小的流星，如同一个个有生命的物体，快活地跳跃、追逐、嬉戏。

"从今天开始，你们将脱离黑暗，回到光明的世界。你们每个人将和别的健康的孩子一样，有一对明亮的眼睛！"老爷爷用富有感染力的声调说，所有的医生护士都很激动，泪水不由自主地溢出。

谭叔叔接着说："这里是月球上一个很大的山洞，丹麦眼科大夫比尔松教授在一次月球探险时无意中发现了这个地下洞穴，于是他作为首席科学家成立了一个'光明之友'国际医疗队，专门救治失明的儿童。

"很多年过去了，比尔松教授一直在月球上生活，同时从事太空医学研究，进行人体器官复制。如今这儿是一个有名的太空医学中心。

"站在你们面前的这位老爷爷，就是比尔松教授。"

满头白发，连胡子也雪白的比尔松教授听不懂谭云甫说的中文，他始终和蔼地微笑着，每一次手术成功都给他带来最大的快乐，他分别拥抱了李星儿、刘田田、陶乐乐，孩子们感激地吻着老爷爷的大胡子。

月球上第一次出现三个中国孩子的笑声。

倏地，孩子们从床上飞了起来，像一群快乐的鸟儿，他们如同众星拱月般将白髯白发的老爷爷团团围起，谭叔叔他们也飞了起来，和孩子们手拉着手，飞快地忽上忽下地旋转，一阵阵欢声，一阵阵笑声，此起彼伏，久久地在洞穴里回荡……

十二

从月球飞回地球，直飞北京东郊航天基地的一艘小型飞船马上要降落了。

电子屏幕预告着降落时间，引起候机厅一阵不小的骚动。

尽管此刻是北京时间22点，但是往日比较冷清的航天基地候机厅，今天异乎寻常地热闹。个中原因当然是飞船上有3名不寻常的小乘客，他们是前些时候闹得满城风雨的盲童失踪案的当事人，现在他们平安地回到地球，而且他们又在月球上治好了眼睛，重见光明，这本身就是罕见的特大新闻。因此，从傍晚开始，嗅觉灵敏的各大媒体记者早已严阵以待，长枪短炮的照相机、摄影机早就摆开阵势，在出站口两旁占据有利位置，进行现场直播。据中央电视台的现场报道，截至晚上9点，中外记者不少于200人。除了记者，当然少不了明天保育院的刘丽霞、小孙老师、小刘老师、柳阿姨和罗天成，罗天成还是开着那辆沃尔沃校车赶来的，不过老罗心里有点不踏实，他知道警察局迟早要找他的麻烦。

汤敏来得很早，她带来的摄像师早就抢先占据最佳位置，她看见刘丽霞她们走进候机厅，特地钻出人群上前去打了招呼。

她正要和刘丽霞聊几句，一眼瞥见马强全身警服倚在大厅左边的角落里，活像一只虎视眈眈的警犬。这天候机厅有不少值勤的警察，马强脸色铁青，一双鹰一样的眼睛死盯着出口处。不知道这家伙心里在琢磨什么，汤敏打消了和他寒暄的念头。

好似凑热闹一样，这时月亮也冲出云层露出笑脸。候机厅里并没人注意这又大又圆的月亮，这太寻常了，不值得大惊小怪。

此时，那返回地球的飞船正在减速，舱里的乘客开始活跃起来。

3个小乘客把小鼻子贴在圆形舷窗上面，注意力全都集中在窗外了，他们一个个睁大眼睛，目不转睛地注视着越来越明亮的月亮。

他们很兴奋也很新奇，因为他们是有生以来第一次远远地看见了月亮。那个给他们带来光明的荒漠般的星球，那个封闭的地下洞穴，那个神奇的病房和大胡子比尔松爷爷，已经像一场遥远的梦，离他们越来越远了。他们很难相信眼前的一轮发出银色光芒的月亮，是他们曾经生活过的地方。

月亮是多么美丽啊，正在舷窗外面缓缓地移动，飞快地追逐着缓慢降落的飞船。她微笑着窥视着这些孩子，似乎是在轻声地鼓励着他们，给他们祝福，那柔和的月光拥抱着每个孩子，亲吻着他们的脸颊和那涌出泪水的眼睛。

多么漂亮的月亮！人类的祖先第一次见到夜空的月亮，大约也是这样吃惊、喜悦而又困惑不已吧。

这3个孩子过去曾经几百上千次听见别人说过月亮，但是从来无法想象月亮的真实模样。从今以后，他们将要重新认识眼前的世界，真正地从黑暗走向光明的世界了。

多么像一场梦啊，从来没有做过的美梦！

幸福的泪水夺眶而出。

飞船整点平稳地降落在长长的跑道上，后面拖着降速的降落伞仍在飞舞。巨大的探照灯扫过夜空，对准了飞船炮弹形的机舱，两辆待命的舷梯车缓缓开了过去，和舱门实现对接。于是候机厅又一阵骚动，等候的人们再也沉不住气了。

飞船上的乘客取出行李纷纷走出来了，不过他们并不是记者们猎取的对象。似乎是有意考验大家的耐心，大约过了10分钟，众人期盼的3个孩子——李星儿、刘田田、陶乐乐，终于出场了。他们在谭云甫和罗小莉的陪伴下走出出境口，来到人头攒动的候机大厅。这时闪光灯噼里啪啦响个不停，记者们一拥而上，民警们不得不手拉手组成一道人墙，保护这些吓得脸色发白、手足无措的孩子。

幸好，这一刻刘丽霞领着保育院一帮人马冲了过去，孩子们也是第一次亲眼见到这些朝夕相处、比父母还要亲的亲人。刘丽霞他们见到3个孩子安然无恙，而且都有一双水灵灵、忽闪忽闪的大眼睛，心里更是喜不自禁，一个个激动地喊着他们的名字，又是哭又是笑。这一幅动人的画面，洋溢着人间最珍贵、最感人、最崇高的爱心，不少新闻记者也感动得热泪盈眶。汤敏当然没有放过这一切，在一旁拍下了不少珍贵的镜头。

记者们心满意足地纷纷离开了，他们还要赶回去发稿。候机大厅冷清了，剩下的是明天保育院一行人，他们抱着3个孩子，和谭云甫、罗小莉握手告别，向那辆沃尔沃校车走去。孩子们摇着小手，喊着："谭叔叔再见！罗阿姨再见！"

就在这时，马强大步上前，还有一男一女两名警察也从另一个方向走来，他们将谭云甫和罗小莉围在当中。

"你是谭云甫吗？你是罗小莉吗？对不起，你们得跟我们走一趟……"脸色像乌云一样严峻的马强警官亮出了两份逮捕证，向他们宣布。

谭云甫耸了耸肩，与罗小莉对视一眼，故作轻松地笑了笑："真被你说中了，看来明天各报的头条新闻是我们了……"

"你想干什么就干什么，你还有心思开玩笑……"罗小莉没好气地嘟吹道。

谭云甫把并拢的双手抬起来，挑衅地问马强："要不要戴手铐？"

马强摇了摇脑袋，没有开口。这时，刘丽霞一行人都停住了脚步，所有人的目光都注视着眼前的一幕。3个孩子惊讶不已，但他们的小嘴巴被大人捂住了。

突然，谭云甫对马强说："我去跟刘丽霞说句话。"也没管马强是否同意，他拔腿跑到刘丽霞面前。

"放心，我们不会有事的。我来是告诉你一件事，一件跟伯父有关的事。"他说得很急很快，似乎担心没有时间一样。

"我们在月球地下洞穴发现了好几份文献，上面都详细记载，你父亲刘秉正当年是第一个发现这个洞穴的，这是一个死火山，他后来在美国《自然》杂志发表了一篇文章，引起了国际宇航界的关注，这样才有一支多国科学家组成的探险队考察了这个洞穴，将它建成适合宇航员居住的基地，再后来，又改建成了太空眼科中心。这一切，归根结底，应该归功于你父亲刘秉正的发现，他和两个助手—— 一个物理学家，一个医学博士，在地球上开展过模拟人类在月球生存可行性的实验……"

刘丽霞握住谭云甫的手，用力地握了握，一句话也说不出来。她咬着嘴唇，忍住夺眶而出的泪水。

不远处，罗小莉觉得全身发冷，她有点站不住了。

就在这时，发生了一件谁也意想不到的事情。

汤敏并没有马上离开，她好像在等待故事的结局。她听见了谭云甫告诉刘丽霞的那些话，也看到了刘丽霞用力地握住谭云甫的手，那是很感人的，胜过千言万语。在这一刻，她也敏锐地发现罗小莉脸色苍白，在一旁默默无言。

女人的直觉有时候是很厉害的。

汤敏一直在听着手机，似乎什么都明白了。忽地，她收起手机，以异乎寻常的力量，飞也似的冲到马强面前，夺过他手里那两张盖着红印章的逮捕证。

没等傻乎乎的马强反应过来，她将那脏兮兮油腻腻的小纸片撕了个粉碎，一团碎纸屑飞了过去，像灰砂一样盖满了马强一脸。

“你脑子进水了呀？你抓谁呀？你知不知道网上都炸了锅，头条新闻，中央一个大人物要亲自拜会谭云甫博士，决定明天在人民大会堂举行欢迎会，丹麦驻华大使馆也要举行新闻发布会，你看看呀！”

汤敏把手提电脑显示屏放在马强面前。

马强的手机也叫了起来，是局长亲自打来的。

“快撤吧！所有的人都给我撤回来！全都乱了套了……”

马强一脸困惑，这是咋回事？逮捕令是局长亲自签发的呀！

在场的人都笑了，纷纷鼓掌叫好。3个孩子更是放肆，跑过来抱住谭云甫的两条腿，李星儿已经趴在他背上了。

谭云甫也笑得合不拢嘴，他的手机这时像拉警报一样响个不停。

“不理它，咱们回保育院去。”他关上喧闹的手机，朝那辆校车走去。

人们不约而同抬起头。

天上，一团云朵散开了，瓦蓝澄澈的夜空中，一轮明月好美好美……

尾声

没有想到的事，还是发生了。

当3个孩子从月亮上回到地球不久，一阵疯狂的喜悦与街谈巷议渐渐地平息，生活又回到原先的轨道，就在这当儿，李星儿像一颗树叶上的露珠，从人间蒸发了。

事先没有一点征兆，也没有发现什么异常，这天晚上，当熄灯的铃声响过后，李星儿像往常一样早早地、乖乖地钻进了被窝。从月球回来，她被安排在楼下一间大班宿舍，那里一共住着4个同龄的女孩。她的床紧贴着房门，床头的一张塑料椅子上整整齐齐放着叠好的衣服裤子，床前地板上是她的一双刚上脚的浅蓝色旅游鞋。

熄灯以后，刘丽霞照例到每个宿舍巡视一番，她看见李星儿侧着身子朝着墙壁，一绺乌黑闪亮的头发遮住了她的脸颊，她的右手攥起拳头贴着脸庞的另一面，一动不动，似乎睡着了。刘丽霞爱怜地望着她好一会儿，给她掖了掖被子，接着目光扫视了房间里其他的几张床，便轻轻地掩上门，放心地检查别的房间了。

这是个月色朦胧的夜，是个令人遐思的夜。窗外树影憧憧，偶尔有一声夜鸟的惊叫，再没有别的声音，刘丽霞在宽敞的走廊蹑手蹑脚地走着，心里不时想起这些日子发生的许多事。3个孩子平平安安归来，谭云甫走进了她的生活，也许过不了多久，她就要披上雪白雪白的婚纱，当新娘子了。最让她开心的是，李星儿的眼睛复明，给她带来无法言语的喜悦，她和谭云甫商量好了，一旦结了婚，李星儿也将和他们住在一起，享受家庭的温暖。这一点，谭云甫特别赞成，这是刘丽霞最为欣慰的一件事。想到这些，刘丽霞脸上漾起红晕，脚步也轻盈了。她觉得老天爷对她太好了，突然间把许许多多连想都不敢想的幸福一下子全给了她，这一切来得太突然，有点不可思议，人的命运是多么不可捉摸啊……

刘丽霞陶醉在幸福的遐想中，突然收住脚步，她的目光转向通向二楼的楼梯拐角处，那里有一个人蹲在地上，身旁是一个塑料水桶，用来涮墩布的，一个墩布斜靠着楼梯的扶栏。也许是地面太脏，那人正在用一块布去擦拭，很用力的样子。听见刘丽霞的脚步声，那人停下手里的活儿，抬起头来。“刘院长——”她打了个招呼。

借着淡淡的灯光，刘丽霞看到正在打扫卫生的是新来的保洁员，便随口问道：“还没有下班呀？”

“这就快完了……”

“弄完了就早点回家吧。”

“噢，知道，我这就回去。”保洁员说话有很重的甘肃口音。

她叫陈杏花，一个月前来保育院的临时工，年纪不大，顶多二十五六，人长得壮实，脸色黑里透红，可模样显然比实际年龄要苍老。一双骨节很大的手，皴裂了好些口子，贴着一条条胶布，那是两只常年干粗活、在冷水里浸泡太久的劳动者的手。据她自己说，她的家在很远的大山里一个很贫穷的小山村，小学没有念完，她就和村里的姐妹们一起走了几十里山路，翻过几重山，然后坐上几天几夜的汽车火车，有时是搭运煤或拉木材的大卡车，这才好不容易进了城。可是她没有什么文化，又没有本钱，没有门路，除了能吃苦，啥也不行。闯荡了好几年，不是当保姆，就是干最吃力、工资最低的临时工：饭馆里的洗碗工，医院里照顾危重病人的护工，码头的搬运工，清扫街道的环卫工，除了混口饭吃，比起在家乡的苦日子也好不了多少。

这些日子，陈杏花特别想家，一想起家乡满是树木的高高的大山，想起堆满大石头的弯弯的溪水，还有春天山坡上开满粉白色杏花的林子，想起老屋的院子、堆成小山的柴火垛子，还有她的老娘和年幼的弟弟，她就想哭，心里像猫抓了似的疼得不行，她太想念他们了。

陈杏花把楼梯打扫干净，将墩布和塑料水桶送进盥洗室的水池旁，洗了洗手，脱掉身上灰不溜秋的工作服，从挂在墙上的提包里取出自己的一件上衣和裤子。换好衣服，她把保温杯的水喝完，又拿起暖水瓶将保温杯灌满，从柜子底下取出一个沉甸甸的双肩背袋。

她像只警觉的猫，蹑手蹑脚走上前，轻轻拉开门，探头向四外瞅了瞅，墙壁下端淡淡的照明灯映着刚洗过的地面，晃动着五彩的光点，走廊里没有一个人影，估计都睡觉了。

某一天的下午，李星儿躺在床上并没有睡着。她记得这是从月亮上回来的第7天，也许是从月球回到地球有些不适应，气温、气压和引力相差悬殊，她有点着凉，鼻子流清鼻涕，老师让她好好地休息几天。宿舍里很安静，这间宿舍还是她以前住的，同屋的孩子都到院子里去玩游戏了。李星儿睡了午觉，这会儿大概是下午3点钟左右，温暖耀眼的阳光照着玻璃窗，窗外不时传来一阵阵随风飘来的欢笑声。

她眯缝着眼睛察觉出有个陌生人站在床边，正在目不转睛地注视自己。李星儿心里很困惑，这是谁呢？年纪和保育院的老师差不多，模样也差不多，只是她身上的工作服是灰黄色，不像别的老师穿一身洗得笔挺的白大褂，从衣服的差别，从她身边不远的地上放着的塑料桶、墩布和扫把，李星儿判断她是打扫卫生的阿姨，可是李星儿一时又想不起她是谁。

这些天来，李星儿好像来到一个完全陌生的世界。周围的一切都那么陌生，连生活了7年的明天保育院，这个最熟悉、最温馨的家，李星儿也觉得比月球还要疏远。她以前用耳朵辨别声音来区分不同的人，现在一切都发生了变化。她无法把眼前的人，哪怕是最熟悉的人，和她记忆中的人联系起来，听觉的想象与视觉的印象时常发生错位。她常常认错人，连许多朝夕相处十分熟悉的老师，她都常常弄错。这也使得李星儿感到苦恼，心里很烦闷。

此刻，她眯缝的眼睛始终在观察面前这个陌生的阿姨，心里琢磨她究竟会是谁呢？阿姨站在床边已经好久好久了，大概是怕惊醒了她，一直不敢出声。然而她面部的表情是李星儿从来没有见过的。目光是心灵最坦白的流露，她见过的有同情的目光、怜悯的目光，也有好奇的目光，还有捉摸不透的目光。然而面前这位阿姨，她的目光完全与众不同。那是交织着渴望、喜悦、激动等复杂感情的流露，是母亲见到失散多年的儿女的万分欣喜，这是人世间所有舐犊情深的母亲的目光，也是万千生灵的母亲最圣洁、最无私、最美丽、最摄人心魂的目光。欢乐的泪水在她的眼眶中涌动，鼻翼翕张，她不由自主地拼命咬着嘴唇，生怕哭出声来，用一只手掩着嘴，但泪水不住地像一串珠子纷纷坠落……李星儿从来没有见过这样震撼心灵的表情，不知道这是人世间最真诚、最无私、最动人的感情，她的幼小的心灵有生以来第一次被深深地打动了，感受到雷霆般的冲击，她不由得呼吸急促，血脉偾张，心脏狂跳，慌忙坐起来，用颤抖的声音说："阿姨，你……你怎么哭了？"

陈杏花再也忍不住，上前张开双臂将李星儿紧紧地抱在怀里："儿啊，我的星儿，娘想死你了，娘到处找你找了好几年……"

过了一会儿，李星儿从陈杏花的怀抱里挣脱出来，用疑惑的眼光看着对方。"你是我的妈妈？我怎么从来不知道？你干吗以前不来看我？"

面对星儿的盘问，陈杏花有好多好多话涌上心头，有多少事要告诉眼前的亲骨肉啊！

陈杏花忘不了那个滴水成冰的日子。一辆破旧的平板三轮车，在寒冬腊月的夜里，载着陈杏花和还未满月的婴儿在车水马龙的街上狂奔。蹬平板三轮的身材瘦削的男子是她的丈夫，比她大两岁，在一家餐馆打工。他们发现女儿生下来眼睛有点毛病，一见到阳光老是流眼泪，便把她送到一家小医院，又是打针又是点眼药，不但没治好，反而越来越严重。他们心里火烧火燎，抱着孩子跑了好几家大医院。可是医生一个个都摇摇头，有的说这是先天性的，一辈子都只能生活在黑暗中，能凑合活下来就不错；也有的医生认为是用错了药，什么药物相互作用造成的，他们也听不懂是什么意思。他们再三问医生，答案是无法接受的残酷："晚了，没法治了，目前的医学水平还治不了，回去让孩子多休息吧……"

年轻的父亲又急又累，登时急火攻心，两眼发黑，一阵阵晕眩。夜里，下起了大团大团的鹅毛大雪，心里窝了一团火的他，拖着沉重的双腿蹬着三轮往回走，不料一辆急驰的子弹头越野车像一头怒气冲冲的野牛迎面奔来，惊慌之中，躲闪不及，平板三辆翻下了路边的河沟。万幸的是，母女俩裹在厚厚的烂棉絮里没有受伤，可是年纪轻轻的父亲当场七窍流血，晕死了过去。急救车赶来，将他送到医院抢救，但他当天夜里就咽了气，留下了孤苦无依的母女……

陈杏花的眼泪哭光了，她不知道怎样才能活下去，本想一死了之，可是望着襁褓中的小女儿像鲜花一样的笑容，她作为一个母亲的心又软了。后来几个好心的同乡姐妹告诉她一个两全的法子，于是她买了一张火车站台票，把小星儿穿戴整齐，给她喂足了奶，在她的脸颊深情地留下母亲的吻，然后放进一个小纸箱。

她装作是送人进火车站，上了一趟不知开往何方的列车，上车时离开车还有几分钟。她瞅准了车厢座位上面的行李架，站在座位上，把小纸箱稳稳当当地放好。当开车铃响起，陈杏花频频回头，依依不舍地下了即将启动的火车。

小星儿睡得正酣，她无论如何没有想到，从此她再也不可能在亲娘的怀抱里撒欢，再也吃不上一口母亲香甜的奶汁了……

苦熬的日子很快过去了6年多，陈杏花在多少地方打工谋生，连她自己也记不清了。要活下去，就得干活赚钱，何况她还要赡养在家乡的母亲和一个弟弟。她本想再嫁人，有个自己的家，可她的身世在她的乡里乡亲那个不大不小的圈子里谁人不知，背地里还有嚼舌头的说她是祥林嫂，生就克夫的苦命，有了孩子也说不定落下残疾。如此一来，几番周折，陈杏花死了心，再也不敢谈婚论嫁了。她开始醒悟，那些有意无意伤害她的人，多半是她最亲密最信赖的乡亲和要好的朋友，她付出的是信任，收获的却是一支支来历不明的暗箭。

陈杏花承认自己是个可怜的弱女子，从此在她的同乡圈子里，她就像一粒灰尘渺无踪迹了，她的母亲和十来岁的弟弟也不知道她去了哪里，有人说在新疆阿勒泰边境小城见过她的背影，也有人说在浙江义乌小商品市场看见她在搬运货物，传闻就是传闻，真真假假，谁也说不准。

明天保育院3名失明孩子失踪的消息，成了大报小报电台电视里的大新闻，从那会儿起，母亲敏锐的第六感使她立即发现了亲生骨肉的踪迹。她像一头母狼追踪一切蛛丝马迹，越过了千山万水，穿过无边的大森林，日夜不停地四处奔跑。然而，命运似乎不会轻易把幸福送给她，反而给她带来意想不到的折磨。最初的惊喜没有持续多久，陈杏花差一点急疯了，听说可怜的女儿被劫持到月亮上去了，她起先根本不相信，以为是假新闻，这年头假新闻跟假农药假化肥一样，多了去了。可是听别人议论，又看电视新闻，口口声声都说有这么回事，小星儿真的去了月亮上，她这辈子休想见上一面了。听了这个消息，陈杏花心情沮丧，真想死了算了，自己的命怎么这样苦呢？又过了几天，失魂落魄的她又看到报上说3个孩子还会从月亮回地球。一波三折，使她深受刺激，她一会儿哭，一会儿独自哈哈大笑，疯了一样。这个从来不看报纸的女人，像着了魔一样，每天头一件事是立刻跑到报亭买报纸。她时刻关注失踪案件的进展，一切与女儿有关的消息都逃不过她的眼睛。

她在等待中度日如年，顾不上吃一顿正经饭，也没有好好睡过一个安稳觉，最终一步步接近她的目标。当她风尘仆仆地站到明天保育院的高墙外面，那是一个日落的黄昏时分，她泪水涟涟，双手合十，暗暗祈祷，从内心深处感激上苍。她心里明白，她的小星儿治好了眼睛，又要回到这个院子里，这一天已经越来越近了。

见到李星儿，面对孩子的诘问，陈杏花没有说太多的话，也没有过多地解释，她知道孩子还小，不懂人世复杂，只是告诉女儿当年自己忍痛将她放在火车上时，倾其所有都放在她身边。只有一件东西，陈杏花留了个心眼，那是小星儿的父亲在结婚时送给她的信物，一对绿莹莹的玉镯子，她自己留了一只，另一只给了女儿。

陈杏花用袖口擦拭眼泪，又伸出右胳膊，指着手腕上的那个绿莹莹的玉镯说："星儿，娘对不起你，娘也是没有办法，再有一点办法，娘也不会把你放在火车上让别人抱走……"

李星儿虽然年纪小，但母子连心的心灵感应使她确信面前的女人肯定无疑是自己生身的母亲，再说那只留给她的玉镯，还有母亲留下的其他物件，就放在床头柜的抽屉里，刘丽霞院长早就给了她，也告诉了它们的来历。

她再也抑制不住激动的心情，平生第一回喊出了"妈妈"，她伸开双臂，投入陈杏花的怀里。

母女重逢的喜悦，演绎着人生最美丽的一幕。

接着，万分喜悦的陈杏花冷静下来，她揩干小星儿的泪水，伸出一个手指头放在唇边，轻声对她说，这件事绝对要守口如瓶，对谁也不能讲。

"对刘院长、谭叔叔也不能讲吗？"李星儿眨巴眼睛问。

陈杏花重重地点点头："不能！你要是讲出去，就再也见不到妈妈……"她又告诉女儿，"我不能常到你这儿来，免得引起别人怀疑，你还是和以前一样，我就是这儿的工人，懂吗？"

李星儿似懂非懂地点点头。

"你不能叫我'妈妈'，叫我'阿姨'……"陈杏花又补充了一句，贴着小星儿的耳朵说，"听话，等妈妈安排好，我们就一起回家！"

在这个炎热的夏天已近尾声的日子，刘丽霞和谭云甫开着一辆奥迪车来到郊外风景很美、有一片森林的小区。下了车，他们双双走进一幢三层的乳白色住宅楼，顶层的一套五居室是他们的新家，房子是谭云甫买下的。

推开阳台的拉门，他们走上宽敞的阳台，这里视野开阔，俯瞰着一个镶嵌在谷地的人工湖，湖岸绵延着翠绿的林带，刘丽霞对周围的环境很满意，但觉得房间太多。“我们有多少东西装呀，要这么大的房，打扫起来顶麻烦……”她一边开心地笑着说，一边指指点点。

谭云甫说：“不多，多什么？你想，我们俩，加上小星儿，她得有单独的卧室吧，我们还要有一间做书房，我的书不少，现在很多都放在木头箱子里睡大觉……”

刘丽霞一甩头发，打断他的话：“别提了，小星儿不会跟我们住一块儿的……”她的语调是很伤心的。

谭云甫正在兴头上，不觉一愣，他望着对方，发觉刘丽霞脸色不悦，好像有什么心事，上前一步，扶着她的肩膀，关切地问：“怎么回事？小家伙闹别扭了？”半晌，刘丽霞才开了口，她说前天下班后，她和小星儿有一次不愉快的谈话，她把小星儿叫到办公室，把她打算和谭云甫结婚的事正式通知她。“我说我们都一致希望你和我们住在一起，谭叔叔也特别喜欢你，我们都把你看作亲生的女儿，从此我们就是真正的一家人。不料，我高高兴兴地说着这些时，发现小星儿表情很冷淡，对了，这几次见面，我都发觉她很冷淡，没有过去那种亲密无间的感觉。起先我以为是自己过敏，但这次谈话证实，这孩子变了，我说完了以后，她先是一声不吭，我追问一句：‘星儿，跟我们住在一起，你高兴吗？’她沉默了一会儿，眨巴眨巴眼睛，突然用力地摇了摇头，然后躬了一躬，掉头就跑开了……”说到这儿，刘丽霞忍不住泪水夺眶而出，她用手帕擦了擦眼角。

谭云甫叹了口气，劝道：“千万别难过，你是研究儿童心理学的，应该知道她的内心活动，一切顺其自然吧，还是尊重孩子的意见，也许她有许多考虑，是我们大人不了解也没有体会到的。”

听谭云甫一番开导，刘丽霞心情释然，也破涕为笑了。谭云甫继续一边带她看房间，一边说：“由星儿这件事，我倒是想到我们要抓紧操办婚事，不能拖了，倒不是担心节外生枝，而是免得麻烦。”谭云甫说到这儿，发觉离题太远，马上刹住，解嘲地表示，“我的意思是大男大女……”

刘丽霞接过他的话，俩人同时大声喊道：“趁早结婚！”

俩人紧紧拥抱，放声大笑……

一轮明晃晃的银盘升上了蓝黑色的苍穹，清纯而温柔的光辉洒向大地，陈杏花从盥洗室里推门走出，走廊静悄悄，月光透过玻璃窗，给暗淡的走廊增添了些许光亮。她轻快地迈着大步走上几级楼梯，像猫一样蹑手蹑脚，两耳竖起不时捕捉周围的动静。所有的宿舍早就熄灯，连树上的鸟儿也归巢了。星儿的房间在楼上靠左边第一间，事前她已经叮嘱星儿，9点一过准去接她，让她耐心地等着。

她先去了刘丽霞的办公室，她负责打扫卫生，所以有开门的钥匙。进了办公室，她无心逗留，马上掏出一个事先预备好的牛皮信袋，小心翼翼地将它放在办公桌上。她相信明天一上班，刘院长一眼就会看到。

这是一封告别信，也是一封感谢信。没有多少文化的她，为了写这封信，花了好几个晚上，简直比拉着沉重的平板三轮车爬坡还要吃力。她搜肠刮肚地讲述了自己的可怜的身世：丈夫因车祸而亡，肇事者驾车逃离现场，结果她们母女竟然得不到一分钱赔偿，最后还是医院里几位好心的医生护士，还有不相识的过路人，大家凑了几百元钱，母女俩才在一间地下室得以安身。她在信中讲了自己万般无奈才将女儿放在火车上的前前后后，因为除了放在小星儿身边的200元，她已经身无分文，连地下室也不容她栖身了。她很后悔当初不该这样做，不该这样软弱，然而当时举目无亲，叫天天不应叫地地不灵，她实在无路可走。她在信中把刘丽霞、谭云甫和保育院的老师们称作“大恩人”，“是你们给了小星儿生命，是你们使她重获新生，看见了光明。千言万语表达不了我们一家的感激之情，我一生一世也忘不了你们的大恩大德。”

“大恩人，我把小星儿带走，只是想让她过上一个正常的家庭生活，也是为了补偿一个母亲对女儿的亏欠。我没有尽到一个母亲的职责，请给我一个还债的机会吧。等女儿长大些，她想念你们，要去看望你们，不管千山万水，我一定带她回来，爬也要爬回来。现在，我只希望你们允许我要回我的亲骨肉，让我们安静地在一起过日子……”陈杏花在信中恳切地写道。

另外，在牛皮纸口袋里，还放着一份李星儿的出生证复印件，还有一张褪色的老照片，也是复印件，有点模糊，仔细辨认可以看出是陈杏花抱着刚满月的女儿。最意想不到的，牛皮纸袋还有用李星儿的洗脸巾包着的一对绿莹莹的玉镯子，陈杏花在信中注明它的来历，说是送给刘丽霞的结婚礼物，祝她幸福，好人一生平安。

把牛皮信袋稳妥放好，关了门，陈杏花下了楼。没走几步，发现小星儿早在房门外面的黑暗中悄然而立，她穿戴整齐，挎着一个粉色小书包，一脸焦急的模样。孩子心里藏不住事儿，早早就起床，在房外等着，见到陈杏花，她欣喜地迎了上来，拉着陈杏花的衣襟。“妈——”喊声刚脱口而出，陈杏花伸出一个手指放在她的唇边，示意不要出声，接着，她默不作声拉着女儿的手，小手汗津津的。母女俩不敢出声，轻手轻脚向楼梯大步而去。

很快，她们出了楼房到了院子里。月光下的庭院树影憧憧，笼罩着梦幻般的异样氛围，那是阳光下不曾有过的神奇景象，眼前的一切都变得陌生，好像大雾弥漫，景物忽隐忽现，神奇极了。月光如水，小小的庭院像是浸泡在水里，晶莹透亮，熠熠生辉，如同美妙的琉璃世界。小星儿从来没有见过这么美妙的景象，眼前的一切好像是做梦，那些可爱的滑梯、木马转椅、跷跷板都活了，在溶溶月光下静静地望着她们，大声地向小星儿打招呼，有的嚷着：“来呀，快来陪我们玩呀！”有的问：“你去哪儿呀？别走呀！”小星儿的脚步不由得放慢下来，道旁的大树伸出粗壮的胳膊拦住她，花坛里的含羞草和蒲公英也恋恋不舍地用力拽着她的裤腿，央求她留下来。她的一双大眼睛忽闪忽闪，如同摄像机咔嚓地闪个不停，她听见游戏场一阵阵欢笑声此起彼伏，若有若无，她看见月光下晃动着小朋友你追我赶的身影。她不由自主地走了过去，一只小手深情地抚摸着滑梯倾斜的沾上露水的滑板，又忍不住摸了摸木马转椅的马头。妈妈的脚步在碎石小路上嚓嚓作响，她不得不一步步退着走，留恋的目光留在一株株大树干上，留在庭院当中小亭子的红漆柱子上，留在楼房的一级一级光滑的石阶上。

再见了，我的保育院！再见了，我的乐园！再见了，可爱的大树，还有许多难舍难分的阿姨和小伙伴们！一阵阵呼唤在她的心底涌动，月光温柔地抚摸小星儿的脸庞，那里闪烁着一颗颗滚烫滚烫的珍珠。尽管小星儿是在黑暗中长大的，阳光下的保育院展现在她眼前才不到一个月，然而她是多么留恋这里的一草一木啊！

她们悄悄地从后墙一扇木门走出去，深夜的巷子寂无人影，只有一盏昏黄的路灯在巷口把守。她们借着月光走出长长的巷子，那里有一株枝丫伸展、很有年头的老槐树，一辆枣红色的摩托车藏在浓浓的树影里。

陈杏花开了锁，发动马达，然后将小星儿放在后座上，身上又加了一件棉大衣，给她戴上一顶头盔。“双手抱着妈妈的腰，别松手！”她又用一根长长的帆布带子拦腰系在小星儿身上，母女俩捆在一起了。

陈杏花戴上头盔，像跨上一匹枣红马，一踩油门，枣红马奋蹄腾空，飞也似的冲上前去。

“我们回家了！”兴奋的陈杏花终于可以松一口气，情不自禁地喊道，为了这句话，她熬过了多少辛酸和苦难啊……

天上的月亮也难得地咯咯地笑了，眉开眼笑的月亮更加好看了。李星儿在月球上待过，也算得上是月亮的女儿了。月亮始终挂记着她，关心她的命运。

月亮大放光明，决定一路伴随她们母女，给她们照路，送她们平平安安回家。不仅如此，月亮还要用自己的温柔光辉时刻照耀星儿，照耀她的一生。